映画ノベライズ

絆

小説：真紀涼介　　脚本：大和屋暁

のオススメ

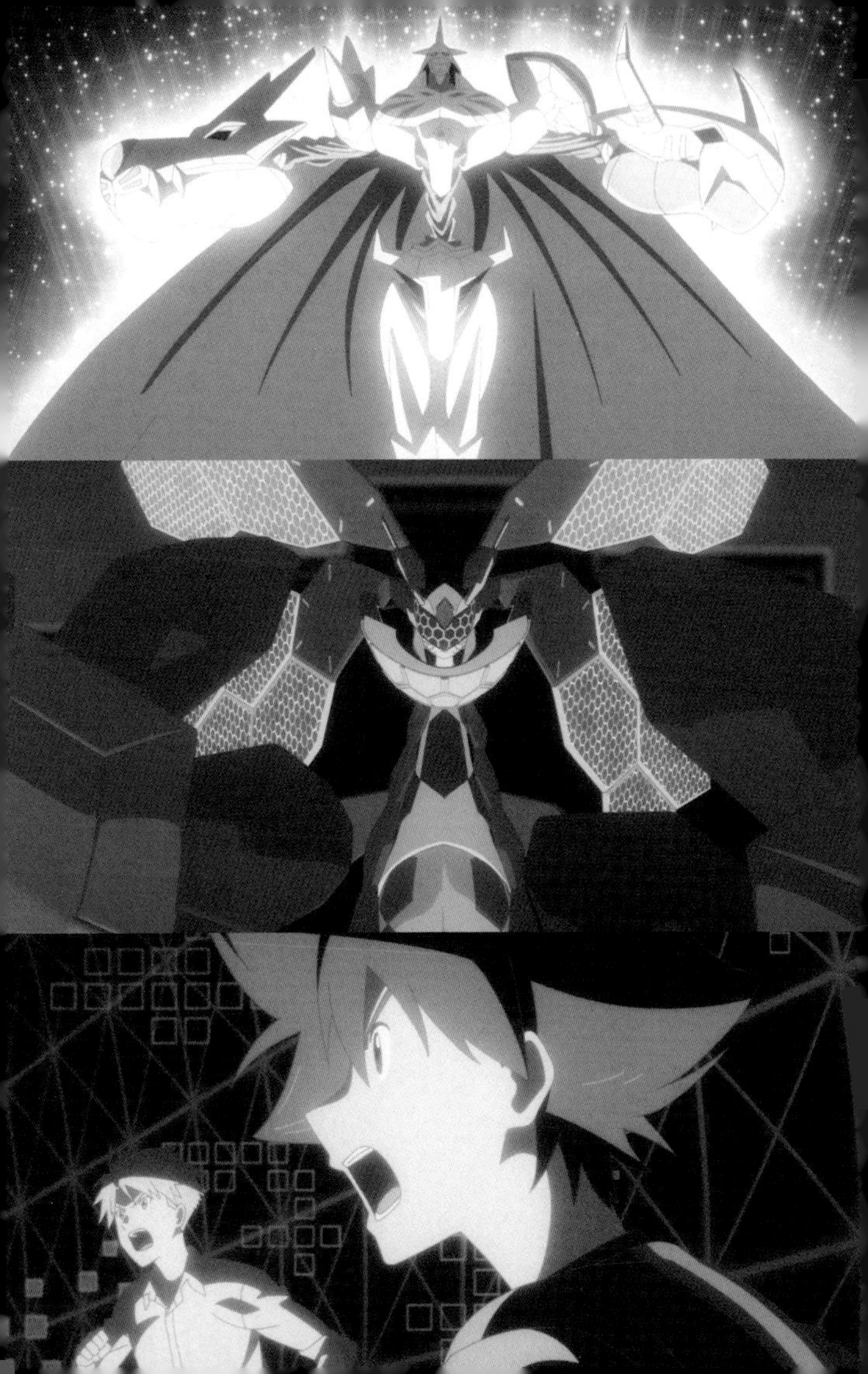

映画ノベライズ

デジモンアドベンチャー LAST EVOLUTION 絆

小説
真紀涼介

脚本
大和屋暁

八神（やがみ） 太一（たいち）

アグモン

政治経済学部の大学４年生。将来に悩んでいる。

石田（いしだ） ヤマト

ガブモン

理工学部の大学４年生。バイクにはまっている。

武之内（たけのうち） 空（そら）

ピヨモン

女子大の４年生。華道の家元の母親と同じ道を進む。

Character

泉 光子郎

テントモン

理系を専攻する大学３年生。会社経営者でもある。

太刀川 ミミ

パルモン

Age ▶ 21

世界の「かわいい」を集めて、ネット販売している。

城戸 丈

ゴマモン

Age ▶ 23

医大の５年生。毎日実習で忙しい。

パタモン

文学部の大学１年生。児童文学サークルに所属。

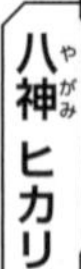

テイルモン

幼児教育を専攻する女子短大の１年生。

ブイモン

調理師免許取得のために、専門学校に通う１年生。

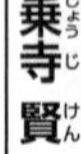

ワームモン

心理学を学ぶ大学１年生。趣味のサッカーも続けている。

Character

井ノ上京（いのうえみやこ）

Age▶20

Partner

ホークモン

工科大学の２年生。今はスペインに留学中。

火田伊織（ひだいおり）

Age▶17

Partner

アルマジモン

高校２年生。弁護士を目指し勉強に励んでいる。

メノア・ベルッチ

Age▶22

デジモンを専門に研究する科学者。

井村京太郎（いむらきょうたろう）

Age▶35

メノアの研究を支える助手。

?????

エオスモン

未知のデジモン。

Contents

第一章
未知のデジモン

長い指がキーボードを叩く。

【人に決められた未来をただ受け入れるほど、僕らは年老いていない。さらなる高みを目指すためならば、僕らはどんなことでもする】

【これは回顧録ではない。新たな物語である】

ある日、太陽にひとつの大きなフレアが起きた。星の表面が盛り上がるように炎を噴き出し、宙に舞った炎はやがて、宇宙の闇に吸い込まれるように消えていった。

最初に異変に気づいたのは、お台場でデートをしていた一組のカップルだった。夏の夜空を指差し、それにつられるようにして周囲の通行人たちも空を見上げる。人々は、眼前に広がる光景に言葉を失った。

彼らが目にしたのは、東京の空を覆いつくす、息をのむほど壮麗なオーロラだった。オーロラの下で、ビルの照明や信号機のライトがクリスマスのイルミネーションのように明滅を繰り返している。

突然現れたオーロラを目にし、人々は様々な感情を抱く。幻想的な輝きを単に美しいと感じる人もいれば、その不自然さを不気味に思う人もいる。そして中には、もう十年以上も前の、世界各地で起きた異常気象を思い出した人もいるだろう。


翌朝。中野駅前の歩行者用信号が赤から青に変わり、人々がぞろぞろと横断歩道を歩いていく。通勤ラッシュとなる時間よりも少し早く、人影は多くない。車の通行量も少なく、どこからかニュースを読み上げるアナウンサーの声が聞こえてくる。

『最初のニュースです。アメリカ西海岸に端を発した異常気象、謎のオーロラ騒動が、ここ日本にも波及しました。この特殊なオーロラは、三か月前にアメリカ西海岸で初めて観測された現象で、その後も世界各国で観測されています。政府はこのオーロラ現象による生活への影響は最小限であるとの見解を示しており、安全は充分に確認していると発表しています』

ニュースの音声を耳にしたからか、女子高生のひとりが、友人に向かって話題を振る。

「ねえ、昨日のオーロラ見た？」

「見た！」

過ぎる。

「初めて見たんだけどー」

「綺麗だったよねー」

感動した様子ではしゃぐ二人の近くを、サラリーマンがスマートフォンで通話しながら通り過ぎる。

そんなのんびりとした平和な朝を壊すように、突然、電線にスパークが走った。

電線にとまっていた鳩たちが、あわてて一斉に飛び立っていく。しかし、地上を歩く人々は、誰もそのことに気づいていない。

同じように信号にもスパークが走り、ランダムに点滅し始める。

「少し遅れそうで……。あれ？　もしもし？」

不意に通話が切れ、サラリーマンが不思議そうに首を傾げた。それに続くように、交差点で信号待ちをしていた人々の携帯や音楽プレイヤーが変調をきたし始める。

その直後、朝の空気に似つかわしくない鈍い衝突音が響いた。周囲の人々は反射的に肩をすぼめ、それから音のした方向へと視線を向ける。

視線の集まる先では、直進車の横っ腹に右折車が衝突していた。交通事故だ。信号機はランダムに点滅を繰り返しており、それが事故の一因となったことに疑いようはない。車を降りてきたドライバー同士が、興奮した様子で言い争いをしている。

野次馬の女子高生のひとりが、「ヤバ」と呟きつつも、しっかりとスマートフォンでその様子を撮影した瞬間、これまで以上のスパークが電線を伝っていった。交通事故が起きた現場のすぐ近く、向かい合うビルとビルの間に吸い込まれるように電流が集まり、不穏な穴のようなものが出現する。

こちらの世界とデジタルワールドを繋ぐ、デジタルゲートだ。

人々が唖然としてそれを見上げていると、不意にゲートが縮小し、消失したかと思うと、そこに巨大なオウムのような姿をしたデジモン、パロットモンが出現した。

自由落下に身を任せ地上に降り立つと、重量感のある音を立てながらアスファルトの地面がめくれ上がるように砕けた。

パロットモンが体を起こすようにして、威圧的に咆哮した。大きく羽ばたき、巨体を宙に上げる。そのまま羽ばたきを強くすると、突風が起こった。危険を察知して逃げようとしていた人や車、看板などが、風圧に耐えきれず吹き飛ばされていく。

吹き飛んだ看板のひとつが、信号機の付いている電柱に勢いよく衝突した。

電柱が傾き、風圧に押されるように倒れていくその先に、赤ん坊を抱く女性が立っていた。突風と恐怖で足がすくんでいる女性は、せめて赤ん坊だけでも守ろうと、かばうように電柱に背中を向けてうずくまった。数秒先の残酷な未来を想像し、ぎゅっと目を閉じる。

だが、いつまで経っても電柱が倒れてくることはなかった。女性が恐る恐る振り返ると、そこには金色の杖で電柱を受け止めている、背中から六つの真っ白な翼を生やした天使の姿があった。

「大丈夫ですか？」

女性とエンジェモンの元へ、高石タケルが駆け寄る。腰を落とし、女性と視線を合わせて指示を出す。

「早く、安全なところへ！」

「あ……はい……」

混乱しつつも、女性は小さくうなずいた。

『タケルくん！　ごめんなさい、今着いた！』

左耳に装着したインカムから八神ヒカリの声が聞こえ、タケルは耳に指を当てる。途端、パロットモンが突風を巻き起こしながら、すぐそばを飛び去っていった。

「ヒカリちゃん、そっち行ったよ！」

タケルの報告を受けたヒカリは、「了解！」と応じながら中野駅南口から駆けていく。すぐに前方から接近してくるパロットモンを発見した。立ち止まり、パートナーの名前を呼ぶ。

「エンジェウーモン！」

ヒカリの声に呼応するように、高架橋の奥からエンジェウーモンが弓に矢をつがえた状態で飛び出してくる。

弓から放たれたホーリーアローを、パロットモンは急制動をかけることでかろうじて回避した。そこから上方へと向きを変え、エンジェウーモンへと突進する。

エンジェウーモンはそれをよけず、正面からパロットモンの頭突きを受け止めた。そのままパロットモンの頭部に付いている触角のような羽をつかみ、「はあっ！」というかけ声を発しながら、力いっぱい手前へと引き上げた。バランスを崩した二体のデジモンが、地上へと落下する。

自身が上となるようにエンジェウーモンは体勢を替え、パロットモンを背中から地面と衝突させた。

地面に叩きつけられても、パロットモンが弱った様子はない。エンジェウーモンともつれ合い、暴れながら高架橋の下へと突っ込んでいく。

向かってくる巨体に焦りながら、ヒカリは走り出す。

頭部から伸びた二本の触角のような羽の間に、電流がバチバチと走る。そこから電撃を放ち、パロットモンはエンジェウーモンを引きはがした。

パロットモンが飛び立った風圧で、ヒカリは転倒してしまう。しかし、すぐさま体を起こし、叫ぶ。

「お兄ちゃん！」

ヒカリのいる場所から少し離れた連絡橋の上、インカムから妹の声が聞こえ、八神太一（たいち）は間もなくパロットモンがやって来ることを知った。

ゴーグルを装着した太一が顔を上げ、前方を見据(みす)える。

ゴーグルの向こうに、パロットモンの姿が見えた。旋回し、ビルの間を抜けるようにして正面から近づいてくる。

「来たよ、太一！」

傍(かたわ)らに立つアグモンが言う。

「いくぞ、アグモン」

接近してくるパロットモンに焦ることなく、太一は冷静に新型のデジヴァイスを構えた。その泰然たる様子には、ある種の風格すら漂っていた。

この新型デジヴァイスは泉光子郎(いずみこうしろう)が開発したもので、スマホに元のデジヴァイスを連動させることで、デジヴァイスの機能を組み込んでいる。

太一のゴーグルに、パロットモンの予測経路が四ルート表示される。

対象のデジモンの行動を予測してくれるこのＡＲゴーグルもまた、光子郎の開発したものだ。これさえあれば、対応はより楽になる。

だが、そう思った矢先、予測経路の数が、画面を埋めつくすほどに急増した。対象が接近したことによって、ルートの細分化が起こったのだ。

「いいっ!?」

先ほどまでの冷静さが嘘(うそ)のように、太一は情けない声を出す。

太一の困惑などお構いなしに、パロットモンは真っ直ぐに突っ込んでくる。目の前まで迫ってきたパロットモンを、太一とアグモンは危機一髪のところで転がるようにして回避した。

アグモンが「ぐにゅ……」と呻（うめ）き、その隣で太一が「くっそぉ……」と呟きながら体を起こす。

「全然役に立たないじゃないか！　光子郎！」

太一は乱暴にＡＲゴーグルをはぎ取り、インカムに向かって怒鳴る。

『だから、まだ試作品だって言ったじゃないですか！』

自分のオフィスでキーボードを打ちながら、光子郎は不服そうに反論する。

『それより、攻撃来ますよ』

わかってるよ、と太一は立ち上がる。旋回したパロットモンが、再び向かってきている。

「アグモン！」

アグモンが、パロットモンへ向かって勢いよく飛び出す。

「進化だ！」

太一の声に応（こた）えるように、デジヴァイスから光が放たれた。

デジヴァイスの光を浴びたアグモンが、その姿を一変させる。

青い縞柄（しまがら）の入ったオレンジ色の体表に、己の力を誇示するような立派な角。肉食獣のような爪と牙（きば）は、ゾッとするほど鋭く尖（とが）っている。

アグモン進化！　グレイモン！

グレイモンがパロットモンを受け止めると、互いの手を組み合い、力比べの体勢となる。

「情報通りだったね」

少し離れた場所で、ヒカリがグレイモンたちを見上げながら言う。

「でも、よく中野駅前にデジモンが出るってわかりましたね」

『デジタルゲートが開くには、それなりのエネルギーが必要ですからね。その流れを追いかければ、事前に察知することは可能です』

光子郎がタケルの疑問に答えたところで、戦況が動いた。パロットモンが、わずかにグレイモンを押し始める。

『わかっていますよね？　可能な限り速やかに、そして——』

「周辺への被害は最小限に抑える、だろ？　……グレイモン！」

太一に名前を呼ばれ、グレイモンは両脚に力を入れる。地面にヒビが入るほど踏ん張り、力任せにパロットモンを持ち上げた。そのまま勢いよく地面に叩きつけ、押さえ込む。

太一は口元に微笑を浮かべ、信頼に満ちた目でグレイモンの戦いを見守っている。

そこで、スマートフォンが軽快な音を鳴らした。画面を確認すると地図が表示されており、『四季の森公園』にピンが刺さっている。

『九十秒後に、指定の座標にデジタルゲートを出現させます。パロットモンをそこへ誘導して、デジタルワールドへ送り返してください』

　光子郎の指示に、太一たちは「了解」と返事をする。

　パロットモンを気絶させようと、グレイモンが拳（こぶし）を振り上げる。が、その瞬間、またしてもパロットモンが頭部にある羽から電撃を発した。

　電撃が顔をかすめ、グレイモンは大きくよろめいた。体が傾き、連絡橋の階段へと倒れ込む。階段がガラガラと音を立てて崩れた。

　その隙（すき）を見逃さず、パロットモンは大きな翼を広げ、空へと飛び立った。

「グレイモン！」

　グレイモンに駆け寄りながら、太一はインカムに向かって口を開く。

「ヒカリ！　タケル！」

『追いかけます！』

　連絡を受けたヒカリとタケルが、街中（まちなか）を駆ける。さらにエンジェモンとエンジェウーモンが、空を飛んでパロットモンを追跡する。

「そのままポイントに追い込んで！」

　ヒカリの指示を受け、エンジェウーモンがホーリーアローを放った。光の矢がパロットモンをかすめ、対象がバランスを崩して落下していく。素早く次の矢を射ろうとしたとき、パロットモンが体勢を立て直しながら電撃を放ってきた。

エンジェウーモンとエンジェモンは、身をひるがえしてそれをよけた。

二体の間をすり抜けていった電撃が中野サンプラザの外壁に命中し、いくつもの瓦礫（がれき）が落石のように地上へと降り注いでいく。

建物の下にいた人々が悲鳴を上げ、タケルは連絡橋の手摺り（てす）から身を乗り出すようにして叫ぶ。

「エンジェモン！」

エンジェモンが空中を高速で移動し、落下してくる瓦礫を金色の杖で人のいない方へと弾（はじ）いていく。だが、上からさらに巨大な瓦礫が落下してきた。その真下には、男性が混乱した様子で立ちすくんでいる。弾ききれないと判断し、エンジェモンは瓦礫の落下地点に立っていた男性を飛翔したまま抱きかかえた。後方から、瓦礫が地面と衝突した音がした。間一髪だった。

『本来、パロットモンは戦闘を好まないデジモンのはずです。おそらく、昨夜のオーロラの影響でしょう』

光子郎が、モニターに映るパロットモンの情報を確認しながら言う。

「オーロラはとっくに消えているのに、何でいまさら？」

驚きの声を上げるヒカリの後ろで、太一とグレイモンが移動を始める。

上空ではエンジェウーモンとパロットモンが戦闘を繰り広げているが、どちらも素速く、攻撃がまともに当たらない。

『ゲートオープンまで、残り六十』

「とにかくポイントに誘導を」

光子郎のカウントを受け、タケルがかすかに焦燥を滲ませた声で言う。

「一瞬でいい。奴の動きを止めてくれ」

グレイモンと並走しながら、太一がインカムに向かって言う。

「エンジェモン！」

タケルが指示し、エンジェモンが金色の杖を持ってパロットモンに急接近する。渾身の力で振るった杖での一撃がパロットモンの頭部をとらえ、地面に向かって叩き落とした。

太一が叫ぶ。

「グレイモン！」

グレイモンが地面を蹴り、大きく跳躍する。一度近くの建物の屋根に着地し、そこからさらに高くジャンプして、落下してきたパロットモンの喉元に食らいついた。二体の大型のデジモンが地面に衝突し、そのまま取っ組み合うような状態で転がっていく。前方にあったビルのガラスを突き破り、ようやく落下の勢いは収まった。グレイモンはその場でパロットモンを押さえ込もうとするが、バタバタと体を動かすようにして激しく抵抗される。

近距離で放たれた電撃にグレイモンが目を閉じたとき、パロットモンはするりとビルの外へと脱出し、上空へと逃げていった。

「くそっ！　大丈夫か？」

太一の呼びかけに、グレイモンは問題ないと言わんばかりにうなずいてみせる。

「押さえ込む！」

パロットモンは旋回するようにしてそれをかわし、電撃攻撃で反撃を試みる。

エンジェウーモンが颯爽と空を飛び、追いかけながら立て続けに三本の矢を射った。

エンジェウーモンが空中で素速く体を動かし、電撃を回避する。その直後、意識を目の前の敵に向けていたパロットモンに、地上から飛んできた火球が直撃した。轟音と共に、爆炎がパロットモンを包んだ。

「よし！」

口から煙を出しているグレイモンの隣で、太一はガッツポーズする。今のメガフレイムは手応えがあった。確実にパロットモンにダメージを与えたはずだ。

爆炎が晴れると、思った通り、パロットモンの体がぐらりと揺れた。効いている。

だが、その後の展開は想定外だった。気を失ってしまったように、パロットモンが自由落下し始めた。下にはビルがあり、屋上には人影が見える。

「ビルにぶつかっちゃう！」

「止めるんだ！」

太一と合流したヒカリとタケルが、悲痛な声を出す。

「くっ」

エンジェモンとエンジェウーモンが懸命に追いかけるが、距離が開きすぎている。

「まずい！」

太一が目を見開く。ビルの屋上から上がる悲鳴を耳にして、体温が下がる。

駄目だ。間に合わない。

思わず目を背(そむ)けてしまいそうになったそのとき、雄々(おお)しい狼のような姿をしたデジモンが、体当たりしてパロットモンを吹っ飛ばした。二体のデジモンは、そのまま四季の森公園へと落ちていく。

太一は呆然としてその様子を目で追いながら、「ガルルモン……」と呟いた。

背後から、けたたましいエンジン音を響かせたバイクが走ってきて、太一たちはたじろいだ。

バイクは、太一たちのやや前方で停車した。

「迂闊(うかつ)だぞ、太一！」

ヘルメットを外すやいなや、石田(いしだ)ヤマトが怒鳴る。

「ヤマト……」

太一はポカンとしてヤマトの顔を見るが、すぐに表情をムッとさせて言い返す。

「そっちこそ、もっと早く来いよ！」

「お前と違って色々やることがあるんだよ！」

「光子郎さん。ポイントに誘導完了です」

　言い争う二人を横目に、タケルが冷静に連絡する。

『こちらも確認しました。ゲートオープンまで、あと二十。そちらに留(とど)めておいてください！』

　光子郎の指示を受けたヤマトは、四季の森公園の方を見据えながら、意識を目の前の問題へと戻す。

「無駄話は後だな」

「ああ。終わらせようぜ」

　太一がヤマトの隣に立ち、スマホ型のデジヴァイスを構えた。

　デジヴァイスから放たれた光が、二体のデジモンに降り注ぐ。

　グレイモンの左腕が機械化し、頭部と胸部が装甲で覆われる。さらに、背中には六枚の紫色の翼が現れた。

　グレイモン超進化！　メタルグレイモン！

　ガルルモンが遠吠えを上げながら立ち上がり、二足歩行の体格へと変化していく。左肩や膝(ひざ)に革製と思(おぼ)しき防具を装着し、左拳に棘(とげ)付きのメリケンサックを装備している。

　ガルルモン超進化！　ワーガルルモン！

　意識を取り戻したらしく、四季の森公園から飛び立とうとするパロットモンを、メタルグレイモンは鋭い眼光で睨(にら)みつける。もう逃がすつもりはない。

メタルグレイモンが仰け反るように上半身を起こすと、胸部のハッチがガバッと開いた。必殺技のギガデストロイヤーだ。二発のミサイルが発射され、地面を這うように飛んでいく。

ミサイルがパロットモンの手前で一気に上昇して、目標に直撃した。大爆発が起こり、空気が振動する。

爆炎の中から、羽がボロボロになったパロットモンが飛び出してくる。それを予期していたかのように、ワーガルルモンが高く跳んだ。全身を回転させるようにして勢いをつけたキックで、パロットモンを蹴り飛ばす。

パロットモンの体が地面に叩きつけられ、そのままビルへと激突する。腹の底まで響くような衝撃音が辺りに広がった。ビルの壁面が大破し、煙やガラス片が舞い上がった。

パロットモンは、横たわったまま立ち上がることができないでいる。意識はあるようだが、確実に弱っている。

『十！』

インカムから、光子郎の声がする。デジタルゲートが開くまでのカウントダウンだ。

上空で弓を構えるエンジェウーモンに、パロットモンは最後の抵抗とばかりに電撃を放った。

だがそれも、エンジェウーモンをかばうように現れたエンジェモンに、杖で弾き落とされてしまう。電撃が地面とぶつかり、虚しく土煙が上がった。

エンジェウーモンが放った何本もの矢が、パロットモンの翼や肩、脚などに突き刺さり、完全にパロットモンの体を地面に固定した。

『三、二、一、ゼロ』

光子郎のカウントダウン通りのタイミングで、パロットモンの真下に、中心から穴が広がるようにしてデジタルゲートが出現した。

パロットモンが喚き声のようなものを上げながら、ズブズブとゲートの中に沈んでいく。全身が沈みきると、ヒュッという音と共にゲートが閉じた。

自分のオフィスのモニターで様子を見守っていた光子郎は、安堵の息をもらしながら椅子にもたれかかる。

『デジタルゲート閉鎖。パロットモンの移送完了です』

連絡を受けた現場の一同も、ホッと胸をなで下ろす。

太一とヤマトが顔を見合わせ、互いを労うようにハイタッチする。建物はいくつか壊れてしまったが、人命は守られたはずだ。

元の姿に戻ったアグモンたちが、太一たちの元へと帰ってくる。

「やったね、太一」とアグモン。

「おう！」

「ヤマト～」

「タケル～」

「ヒカリ」

ガブモンとテイルモンがヤマトとヒカリの元へ駆け寄り、パタモンは、ここが自分の特等席だと言わんばかりにタケルの頭の上に乗っかった。

「にしても、駆けつけたのはこの四人だけか。他の皆はどうしたんだよ」

「人それぞれ事情があるだろうしな。俺たちがとやかく言うことじゃない」

不満げな太一に、ヤマトが落ち着いた声で指摘する。

「皆、朝ご飯は食べてきた？　まだなら一緒にどう？」

皆を見回して、タケルが提案する。

「行く！」とパタモンが短い手を可愛らしく上げた。

「オレも行く！」

「ボクも、ボクも！」

ガブモンとアグモンが飛び跳ねて喜ぶ。

「ヒカリはどうする？」

テイルモンが訊ねる。

「もちろん行くよ。お兄ちゃんは？」

太一はスマホを見て、申し訳なさそうに笑みを浮かべる。

「悪い。俺、大学行かないと」

それじゃ、と言い残して、太一が慌ただしく走り出す。

「お兄ちゃん、お母さんがたまには顔見せてって言ってたよ！」

遠ざかる兄の背中に向かって、ヒカリは声を張り上げた。

ヤマトがタケルの方に顔を向ける。

「悪い。俺も野暮用があるんだ。タケル、ガブモンを頼む」

「うん」

ヤマトがバイクに乗り、Uターンするようにして走っていく。

アグモンとガブモンは、忙しそうに去っていく二人のパートナーの背中をじっと見送り、声を揃（そろ）える。

「……行っちゃった」

大学の食堂は、学生たちで賑（にぎ）わっていた。大きな窓から射し込む陽光が心地良く、活気に満ちた爽（さわ）やかな雰囲気が漂っている。
だが、太一の心は晴れない。テーブルの上に置かれた学士論文要旨と書かれた用紙を、難しそうな顔で見下ろしている。

「何神妙な顔してんだよ。飯そっちのけで」

その声に反応し、太一は顔を上げる。いつの間にか、向かいの席に学友の森川と根本が座っていた。

お洒落な森川は、今日も服装をバッチリと決めている。根本は太一と同じゼミの女の子で、グループのお姉さん的存在だ。

「卒論のテーマ、まだ決まらないの？」

根本に訊ねられ、太一はサッと用紙を裏返す。

「決まらないんじゃない。決めてないだけだ」

答えながら、太一は割り箸を割ってうどんを食べ始める。

「どっちも同じじよ」

根本が呆れたように言う。

「つうかお前、卒業する気あんの？」

「ある。それだけは確かだ」と太一が箸で森川を指す。

「就職は？」と根本。

「もちろんするさ」と今度は箸を根本に向ける。

「人を箸で指さないで」

森川が指を三本立て、勝ち誇ったように口元を緩める。

「俺は三社内定。お前は？」

「うっ」

返事に窮し、太一は渋面を作る。

「そもそも就活、始めてないんでしょ？　本当に大丈夫なの？」

根本が心配そうに訊ねる。

「大丈夫だよ……。今はまだ、そのときじゃないだけだ」

強がるようにそう返して、太一は食事を再開した。


「誰が言ったんだ、そんなこと？」

大学のエントランスにある階段を上りながら、ヤマトは前方を歩く友人の阿部に訊ねる。

「皆だよ、皆。石田は自衛隊に幹部待遇で入隊するって」

「そんな馬鹿な話、あるわけないだろ」

ヤマトは呆れ顔で否定する。

「え、そうなの？　まあ、そんな噂話が出るくらい、お前ら注目されてるんだよ。まさに〝選ばれし者〟って感じじゃん」

阿部はスマホを操作し、ほれ、と画面をヤマトに見せる。そこには、今朝出現したパロットモンに関するネットニュースがのっていた。

「今朝の中野の事件も、石田たちが何とかしたんだろ？」

　返事はせず、ヤマトは無言でスマホの画面をじっと見る。

「まあ、一般庶民の俺は、四月から社会人やるよ」

「決まったのか？」

「第一志望よ」

　阿部が得意げに言う。

「そうか……。よかったな」

　祝福の言葉を口にしたヤマトだったが、浮かべた笑顔はどこかぎこちない。何だか、友人が随分と先に行ってしまったように感じられた。

　阿部は屈託なく笑い、親指を立ててみせた。そして振り返り、階段を上っていく。

　友人の背中を見送るヤマトだったが、離れていくにつれて、自分だけが取り残されたような感覚が少しだけ過（よぎ）る。

　やがて見ていられなくなり、ヤマトは視線を落とした。

渋谷（しぶや）の街をぶらぶらと歩いていると、軽やかな音色が耳に届いた。ヤマトは顔を上げ、音の

出処を確かめるように視線を左に向ける。

見ると、楽器店の中で小さな少年がハーモニカを吹いていた。

懐かしいという気持ちと同時に、胸の奥から寂寥感が湧き上がってくる。以前まで仲間たちとやっていたバンドは解散したが、いまでも音楽は趣味として楽しんでいる。それなのに、どうして寂しいと感じるのだろうか。

ヤマトは視線を正面に戻し、再び歩き始める。


暗い夜道を、太一はひとりで歩いている。大学から直接アルバイト先であるパチンコ店へと向かい、バイトを終えた帰りだ。

自宅マンションの玄関ドアを開け、太一はスイッチを押して部屋の電気を点ける。大学への進学を機に始めたひとり暮らしも、今年で四年目。帰宅を誰も迎えてくれない生活にも、もうすっかり慣れた。

テーブルにコンビニ袋を置く。中身は夕飯のカツ丼だ。冷蔵庫を開き、缶ビールを手にする。テーブルの前に腰を下ろすと、不意に昼間の森川と根本との会話が思い出された。モヤモヤとした想いが、頭の片隅にチラつく。

何の気なしに、テレビラックの前へと移動する。一番上の引き出しを開け、中を見る。そこには、オリジナルのデジヴァイスとゴーグルがしまってあった。

眺めていると、仲間たちと一緒に冒険した日々の記憶が、自然と脳裏に蘇ってきた。時には悩み、仲間と衝突したこともあったが、あの時があったから、いまの自分がいる。

しばらくそれらを見つめてから、太一はそっとスマホを手に取った。


阿佐ヶ谷のホルモン焼き屋で、太一とヤマトは向かい合うようにして座っている。

太一からの連絡を受けたヤマトは、わざわざ渋谷から移動してきていた。

「なるほどな。つまり、同じゼミの奴にダメだしされて、悩んでるのか」

ビールの注がれたグラスを手に取りながら、ヤマトが言う。

「別に悩んでるとかじゃないよ」

太一は答え、ぐいっとビールを飲む。

「ただ、本当にやりたいことをやりたいって思ってるだけだ」

それは紛れもない本心なのだが、なんとなくバツの悪さを感じて、太一は視線を外した。

「それだけ前向きに考えてるなら、何で俺に電話かけてきたんだよ」

痛いところをつかれ、太一は「うっ」とうなる。

「ヤマト、お前確か、大学院へ進学だったよな。何で就職しないんだよ」

今度はヤマトが視線を外した。

「さあな」

「さあな？」

「院に行くことが本当に正しいかなんて、俺にもわからない。本当にやりたいことを見つけるために……なんて、結局、猶予期間が欲しいだけなのかもな」

静かな声でそう言って、ヤマトはグラスのビールを飲み干した。間を取るように息を吐いてから太一を見て、続ける。

「まあ、俺たちの周りには目標持ってる奴らが多いから、余計そう思うんだろう」

確かにな、と太一は仲間たちのことを思い浮かべる。

「丈は着々と医者に近づいているし、ミミは通販サイトを立ち上げて雑貨なんかを売りさばいてるし、光子郎なんか会社の社長だぜ。ヒカリや大輔たちだって、目標みたいなのはしっかりあるみたいだし……」

言いながら、太一はホルモンを箸でつかむ。

「そういやタケルは？」

「小説を書いてるそうだ。まだ読ませてはもらってないけどな」

答えてから、ヤマトもホルモンを一口食べる。

「小説か」

太一は感心したように呟く。

「空は最近がっつり、花の勉強をしてるらしい」

「へえ」と生返事をしながら、太一はつまらなそうにタレ皿のホルモンをいじる。

ヤマトはテーブルに視線を落とし、寂しそうに表情を曇らせた。

「いつまでも昔のままじゃいられないだろ。進む道を選んでいけば、仲間と疎遠になることもあるさ」

そのことは、太一もよく理解している。だが、改めて言葉にされると、胸が苦しくなった。重くなりそうな雰囲気を解(ほぐ)すように、太一は「はあ」と大袈裟(おおげさ)に息を吐いてみせる。

「ずっと変わらないのはアグモンたちだけか」

「いつでもゲートが開けるようになったり、色々あったけど、本当にあいつらは変わらないな」

「大学、一緒に連れていってやれよ」

太一が冗談めかして言い、ヤマトが苦笑を浮かべる。

「馬鹿言うなよ。お前こそ、一緒に連れていってやればいいだろ」

「簡単に言うなよ。俺には俺の生活があるし」

そこで会話が途切れ、二人は軽くうつむく。そうだ。人には人の生活がある。それは仕方がないことだ。

二人の間に沈黙が流れ、他の客たちの会話が耳に入ってくる。「私、そんなんだったら大人になんてなりたくないいな」という女性の声が、まるで自分の内心を読み取られたかのように感じられる。

「なあ、ヤマト。俺たち……」

　気まずい沈黙を破ろうと太一が口を開くと、後ろからドサッという大きな音がした。驚いて振り返ると、後ろの席に座っていた女性が床に倒れている。力なくだらりと下がった腕が、一目で意識がないことを伝えていた。

「綾香！」

　知人と思われる女性が、倒れている女性に駆け寄ってしゃがみ込む。

「ちょっと、しっかり！」

「大丈夫ですか？」

　立ち上がりながら、太一が言う。

「わかんないです」と女性は困惑した様子で返す。

「ヤマト、救急車！」

「ああ」

「綾香！　綾香！」

　太一も女性に駆け寄り、腰を下ろす。

「お酒は？」

「飲んでないです！」

　女性が悲痛な声で答え、太一は彼女たちのテーブルに視線を向ける。

テーブルの上では、こぼれたウーロン茶に濡らされたスマホの画面が、光を放っていた。

空の向こうで、入道雲が立ち上ってきている。

学生たちが講義室で真剣に教授の言葉に耳を傾けている中、太一は机の上でこっそりとスマホを操作し、ニュースサイトを確認していた。

『二十日未明、東京都の各地で人が意識を失い病院へと搬送される事例が報告されました。倒れたのは男性八名、女性五名。その誰もが倒れた原因が特定されず、未だに意識を取り戻していない模様です』

記事をゆっくりとスクロールしていると、メール受信の通知が来た。

差出人は『泉光子郎』となっている。


お台場にある光子郎のオフィス、その会議室に太一とヤマト、光子郎、タケルの四人と、それぞれのパートナーデジモンが集まっていた。室内は整然としており、シンプルだがどこか瀟洒な雰囲気が漂っている。窓際には観葉植物の鉢が置かれ、デスクの上にはパソコンとモニターが何台も並んでいる。

「テントモン」

アグモンが挨拶する。

「元気でっか？」

テントモンは相変わらずの調子だ。

「皆さん、忙しい中お集まりいただいて、ありがとうございます」

「緊急なんだろ。挨拶はいいって」と太一が先を促す。

「ええ。まずはこれを見てください」

光子郎が椅子ごとデスクに向き直り、マウスを操作する。アイコンをダブルクリックして表示させたのは、スマホで撮影されたと思しき縦長の動画だった。アパートの一室で撮られたものらしい。窓の奥には異国情緒の漂う建築物がうかがえ、その手前に眼鏡をかけた女性が立っている。女性は、皆がよく知る人物だ。

「オラー！　皆おっひさー！　留学中の京でーす！　パエリアが最高でーす！」

井ノ上京が両手の親指を立て、テンション高くカメラに近づいてくる。

「ちょっと京さん、そんなに動くとブレますよ」

「えーっ、ホークモンが下手なだけでしょ。ちょっと貸して」

「えっ！」

画面が一度手で覆われ、自撮りモードになった。京の脇には、ホークモンがたたずんでいる。

「そんな留学中の京なのですが、例のデジモン関係のコミュニティで交流したり、相談にのってたりしてたら、こんなメールが来ちゃいました」

「これがそのメールになります」とホークモン。

カメラの画面が慌ただしく動かされ、向こうのPC画面を映し出した。メールウインドウなのだが、手ブレのせいで少し見づらい。

「どうしようかと思ったんだけど、皆さんに丸な……じゃなくて、相談するのが一番だと思ったんで、泉先輩にメールを転送しておきました」

また画面が激しく揺れ、自撮りの状態に戻る。

京が敬礼し、軽い調子で口を開く。

「そんなわけですので、あとよろしくお願いしまーす。アディオス」

「アディオス！」

画面にサッと入ってきたホークモンがブレたまま、動画は終了した。

「……丸投げって言ったな」

太一が呟く。口に出さずにはいられなかった。

「それで、メールの内容は？」

ヤマトが光子郎に確認する。

「僕の口からどうこう言うより、本人に直接説明してもらった方がいいでしょう」

「え、来てるんですか、本人？」とタケル。

「どうぞ。入ってください」

光子郎が呼びかけると、ドアが開き、二人の男女が入ってきた。

女性は若く、ブラウスにスカートという服装で、後ろで束ねた長髪を右肩から前へと持ってきている。束ねた髪先に着けている蝶の髪飾りが可愛らしい。瞳は綺麗な緑色をしており、口元には、柔らかな微笑を浮かべている。

長身の男性の方は日本人らしく、生真面目とも無愛想ともとれる固い表情をしている。スーツの上からでも、体格の良さが見て取れた。

女性が快活な声で自己紹介する。

「グッドモーニング、エブリワン。皆はじめまして。私はメノア・ベルッチ。ニューヨークのリベリカ大学で准教授をしているわ」

ハキハキした喋り方から、彼女の明るく物怖じしない性格が透けて見えるようだ。

続いて、男が固い表情のまま口を開く。

「井村京太郎だ。彼女の助手をやっている。よろしく頼む」

こちらは対照的に、不愛想な口調だ。他人とは一定の距離を取りたがるタイプなのだろう。

「よろしくー」

デジモンたちが、元気よく挨拶を返す。

「よろしくお願いします。メノアさん、日本語お上手ですね」

タケルが感心したように言う。

「サンクス」とメノアは軽やかに礼を言う。

「先に言っておくと、我々の専門は物理や化学ではなく、デジモンの研究だ」

井村が淡々と告げ、太一とヤマトの顔に緊張が走った。

「安心しろ。お前たちをモルモットにしようってわけじゃない」

「ある事件の調査と解決に、あなたたちの力を貸してほしいと思っているの」

そう言ってニヤリと笑い、メノアは太一たちを見回す。

「世界を何度も救ったヒーローである、あなたたちの力を」

「調べはついているってわけだな」

ヤマトの言葉に、メノアは肩をすくめる。

「リサーチは得意分野なの」

「ある事件とは、最近世界各地で起きている集団昏睡事件についてだ」

井村の言葉に、太一とヤマトは顔を見合わせた。

光子郎がデスクの上のパソコンを操作し、皆がモニターを覗き込む。開かれた画像ファイルには、道端で人が倒れている様子が写っていた。同じような画像は何枚もあり、ベッドに寝かされている患者の姿もあった。そして、被害者の分布が記された世界地図が表示される。

「ワールドワイドで、不特定多数の人間が昏睡状態に陥っているわ。現在までに確認されている被害者の総数は、およそスリーハンドレッド」

モニター画面を覗き込むようにしながら、メノアが続ける。

「一見被害者の素性はバラバラに見えたけど、彼らには共通点があった。それは」

「全員が〝選ばれし子ども〟だった？」

「ザッツライト」

「さすがにキレるな、泉光子郎」

井村が平坦な声で言う。

「でなければ、あなた方がここに来る理由がありませんから。それに、最近データベース上にいる〝選ばれし子どもたち〟の何人かと、突然連絡が取れなくなっているので」

光子郎のデスクには三つのモニターが並んでおり、左側のモニターには〝選ばれし子どもたち〟のリストがズラリと並んでいる。そして、そのリストに並ぶいくつかの名前の横には、通信ができない状態であることが表示されていた。

説明する光子郎を横目で見ていたメノアは、視線を中央のモニターに戻す。

「いままでに意識を取り戻した者はゼロ。彼らのパートナーデジモンの全てがミッシング、行方不明なの」

「そんな」

タケルがショックを受けたように目を見張り、「デジモンまで」とパタモンが不安そうに言う。

「我々は調査した四件の現場で微量のデジタルノイズ、デジモンの痕跡(こんせき)のようなものを確認した」

井村が事務的な口調で言う。

口に手を当て、光子郎が顔をしかめた。

「つまり犯人は、デジモン」

「イエス。私たちはそう確信している。残されたデジタルノイズからパターンを割り出し、追跡。そのデジモンの潜伏状態を特定した。さらに言うと、このデジモンはデジタルワールドにいるデジモンとは異なるパターンでデータが構成されているの」

「それって！」

光子郎が目を見開く。

「未知の……」

「デジモン……」

太一とヤマトも驚愕(きょうがく)し、息をのむ。

「そう。私たちはエオスモンと呼称している」

「エオスモン」とヤマトが繰り返す。

「私がつけた。早朝にその存在が確認されたからエオス、暁(あかつき)の女神から名前をとったの」

「言うまでもないことだが、これ以上の被害の拡大を黙認するわけにはいかない」

「〝選ばれし子どもたち〟の意識を奪うデジモン……」

その脅威を確かめるように、光子郎が呟く。

「けど、助ける方法はある」

メノアの言葉に、太一たちは「え?」と声を上げた。

「エオスモンは、何らかの方法で意識をデータ化し、奪っている」と井村。

「そして、自身が掌握する電脳空間に、一時的にセーブしているようなの」

「それって」とタケルが言い、頭の上のパタモンが「つまり?」と首を傾げる。

光子郎が思案するように目を落とす。

「エオスモンを倒して、電脳空間から意識データをサルベージすれば」

「皆助かる」と太一が言葉の先を引き継いだ。

メノアが太一たちに向かって口を開く。

「あなたたちの力を貸してちょうだい。私たちは、そのためにここに来た」

「だったらやるしかない。そうだよな!」

やる気に満ちた声を出し、太一はヤマトたちの方へ振り向く。

そんな太一の様子にヤマトは懐かしさを覚えるが、すぐに表情を引きしめた。

「ああ。だが太一、わかっていると思うが、人の命がかかっている」

「作戦立案は慎重に行うべきでしょう」

「うっ」

ヤマトと光子郎に釘を刺され、太一は少し勢いを落とす。

「バット、悠長に構えている時間もないの」

「そこで、我々なりの作戦を立案する」

井村が、光子郎のデスクの上にＵＳＢメモリを置いた。

「私たちにできることなら何でも言って。協力は惜しまないから」

天井に設置されたプロジェクターが、壁に画像を投影する。

「それでは、ブリーフィングを始めます」

光子郎が壁の前に立つ。

「今回の作戦は、メノアさんたちの発案したものをベースにして作成しました。ターゲットは、エオスモン」

画面に、ワイヤーフレームで作られたエオスモンの３Ｄ画像が表示された。

二本の触角と羽を持っていることはわかるが、ハッキリとした全容は不明だ。

画像を見たガブモンが、表情を険しくする。

「こいつが、エオスモン」

「ねえ、太一。このデジモンをやっつければいいんだよね」

やる気充分に、アグモンが言う。

「ああ、そういうことだ」

画像を見たことで実感が湧き、太一は大きくうなずいた。

「成長段階は不明ですが、この場にいる四体のデジモンで、対処は充分に可能だと思います」

アグモン、ガブモン、パタモン、テントモンのワイヤーフレームの３Ｄ画像が表示される。

「あ、ボクたちだ」

「何で網みたいになってるの？」

パタモンがのんきな声で言う。

デジモンたちの言葉を聞き流し、光子郎が真面目な顔で続ける。

「ですから、一番に危惧しないといけないのは」

「逃がすこと」

頬杖をつきながら、メノアが先回りして言う。

「その通りです」

プロジェクター画面に、エオスモンが潜んでいるというエリアマップが表示される。

「なのでまず、カブテリモンとエンジェモンで、ターゲットのいるエリア全体を封鎖します」

マップに表示されたターゲットを囲うように伸びたラインが、四角形を作る。

「なんや、追い込み漁みたいでんな」

テントモンが素直な感想を口にする。

「ドメインが水族館関連のものだし、気が利いてていいんじゃない？」

タケルが言う。

「封鎖には、今回新しくプログラムした、『広域包囲ネット』を使用します。強度は完全体の攻撃も防げるほどです」

光子郎が手元のスイッチをいじると、画面にグレイモンとガルルモンが現れた。

「エリア封鎖が完了したら、太一さん、ヤマトさん、及びそのパートナーでターゲットを排除してください」

光子郎はソファに座るメノアの方に向き直る。

「今回の作戦のバックアップは、メノアさんたちにお願いします」

「オフコース！」

メノアは体を起こし、自信たっぷりに応じた。

「この作戦の目的は、奪われた意識をエオスモンから奪還することにあります。それにはエオスモン攻略が必要不可欠。皆さん、油断せず、確実にいきましょう！」

光子郎の言葉を受け、太一が気合いを入れるように膝を叩く。

「よし！　皆、行こう！」

第二章

パートナー

トンネルのような電脳空間の通路を、太一たちはパートナーデジモンたちと空を飛ぶようにして進んでいく。

「皆さん、作戦は頭に入ってますか？」

光子郎が確認する。

「大丈夫だよ。心配するなって」

太一が応えた。

「まあ、それほど難しいものでもないですが」

言いながら、光子郎はネクタイを直す。

ブザーが鳴り、太一たちが顔を上げる。進行方向にウインドウが開き、メノアの姿が映った。

『ハロー。皆、聞こえてる？』

メノアと井村は、光子郎のオフィスにあるパソコンを使って作戦のバックアップをすることになっていた。

「メノアさん。意識データをサルベージする準備は？」と光子郎。

『ノープロブレム』

　メノアがウインクし、パッと画面が井村に変わる。

『電脳空間の当該エリアのデータを全て取り込めば、理論上意識の回収は可能だ』

『さあ、もうすぐ到着よ。心の準備、できてる？』

「ああ。すぐに終わらせてやるさ」

「太一、油断するなよ」とヤマトがたしなめる。

　メノアが小さく笑い、『グッドラック』という言葉を残してウインドウを閉じた。

　曲がりくねった電脳チューブの中を進んでいくと、前方に大きな球体が見えてくる。そここそが目的地である水族館のドメインであり、エオスモンのいる電脳空間だ。

　太一たちが、勢いよく球体の中へと入っていく。臨戦態勢のパートナーデジモンたちは、突入する直前に成熟期の姿へと進化していた。

『転送完了』とメノア。

　空間内は湾曲した壁に覆（おお）われており、中央に空間を上下に貫く太い柱のようなものが伸びていた。水族館のドメインだからか、大小様々なアイコンやブロックの浮かぶ空間内を、魚の群れが泳いでいる。

　太一は顔を上げ、周囲を見回す。ターゲットはすぐに見つかった。

　エオスモンは中央にある柱の前で、隠れるでもなくポツンと宙に浮いていた。

　クリスタル状の羽を閉じるようにして丸まっているので、全貌（ぜんぼう）は把握できない。が、かなり小型であることはわかった。

光子郎のオフィスでバックアップに回っているメノアの指が、ものすごい速さでキーボードを叩く。

「ミッションフェーズ2へ移行。エリアデータ、バックアップスタート」

「確認。広域包囲ネットを転送する」

井村がキーボードを叩くと、カブテリモンとエンジェモンの元に、バズーカのような筒状の物体が出現した。

「行きましょう」

光子郎に促され、カブテリモンとエンジェモンが左右に展開していく。二体は空間内部を回るように移動しながら、バズーカから黒い球体を発射する。

発射された球体は空間の中心に向かって飛んでいき、やがて空中で制止した。

カブテリモンとエンジェモンがバズーカを撃ち続け、黙々と作業をこなしていると、丸まっていたエオスモンの頭部から、炎のように揺らめく触角が飛び出した。だが、動き出すことはなく、エオスモンは羽から顔だけを出して二体を観察するようにじっと眺めている。

空間を覆うほどに黒い球体が漂ったのを確認し、井村が動く。

「広域包囲ネット、展開率百パーセント。アクティブ」

井村がキーを押した瞬間、黒い球体が弾け、八方向に光の線が飛んでいった。光線が連結しながら、瞬く間に空間に広がっていく。

異変を察知したのか、エオスモンが体を覆っていた羽を開き、その全容を表す。

腕が長く、脚は短い。羽の形は、六角形のパネルを組み合わせたような見た目をしている。昆虫型のデジモンだろうか。サイズは小さく、太一たちよりも小柄だ。

飛び立ったエオスモンが外へと逃れようとするが、直前で光のネットが広がり、進路を塞がれた。体をひるがえし、他のルートを探そうとしても、すでに逃げ道はなかった。

『囲い込みは完了した。あとはサルベージまで、お前たちが頑張る番だ』

井村が淡々と報告する。

「随分と上からな言い方だな」

不満そうに言いながら、ヤマトはガルルモンの背中から離れる。

「要はあいつを倒せばいいんだろ」

行くぞ、という太一の声を合図にして、グレイモンとガルルモンがエオスモンに向かって飛び出していく。

気配に気づいたエオスモンが、視線をネットからグレイモンたちに移した。

すでに口に炎を蓄えていたグレイモンが、メガフレイムで攻撃する。真っ直ぐに飛んでいった火球は、見事にエオスモンに着弾した。爆炎の中から飛び出してきたエオスモンに続けざまに火球を放つと、それも命中し、爆発が起こった。しかし、相手にひるんだ様子はない。

攻撃を受けながらも逃走を続けるエオスモンを、今度はガルルモンが追う。

ガルルモンは口から青白い炎を吐いてエオスモンを狙うが、ひらりとかわされてしまう。さらに攻撃を続けるが、エオスモンは素速い動きでそれをよけながら逃げていく。

不意に、エオスモンが自らの羽をパネルごとに分離させ、ガルルモンに向けて射出した。六角形の物体が、真っ直ぐに飛んでいく。

ガルルモンは体をよじらせて、何とかそれを回避した。飛ばされたパネルは、やがてスピードを落とし、空中に留まるように制止した。

「くっ。すばしっこい」

ガルルモンが苛立ちを滲ませる。

「だがとらえられないほどじゃない」

ヤマトが鼓舞するように言う。

「いける！」と太一。

グレイモンが火球を放ちながら、エオスモンを追う。しかし、低い場所を飛行するエオスモンとの距離は、なかなか縮まらない。

グレイモンをサポートするように、上空からエンジェモンが杖を投じる。

突然、進行方向を塞ぐように杖が落ちてきて、エオスモンは急ブレーキをかけた。体の向きを変え、中心にある柱に沿うようにして上昇していく。そこをカブテリモンがメガブラスターで狙った。体の前で溜めたエネルギーを一気に放出する。

エオスモンは必死にかわそうとするがよけきれず、電撃が左腕をかすめた。

バランスを崩し、回転しながら吹っ飛んでいくエオスモンを、ガルルモンが爪で切りつけるようにして追撃する。弾き飛ばされたエオスモンが、気泡のように電脳空間内を浮き上がっていたブロックと猛スピードで衝突した。

ブロックに埋もれているエオスモンを見て、「追いつめた！」とタケルが叫ぶ。

「ここです！」

「決めるぞ！」

太一が力強く言う。

グレイモンたちが一斉に攻撃を仕掛けようとしたそのとき、エオスモンがすっと顔を上げた。

直後、エオスモンの体から強烈な閃光が放たれた。

「ぐぅ」とグレイモンたちは思わず目を閉じる。

「なんや」

「これは！」とエンジェモンが危機感をはらんだ声を出す。

光子郎のオフィスにあるモニターでは、エオスモンのアイコン画像を埋めつくさんばかりに『0』と『1』の数字が流れていっていた。エオスモンを構成しているデータが、急速に書き換わっているのか。

それを見たメノアが驚愕に目を見開き、呟く。

「……エボリューション」

閃光がやむと、太一とヤマトは顔を覆うように持ち上げていた腕を下ろし、ゆっくりと正面を向いた。視線の先にいたのは、より大きく、硬質そうな身体を手に入れたエオスモンだった。

新たに手に入れた力を披露するように、エオスモンが顔の前に掲げていた手をそっと広げてみせる。

肩から伸びる細長い腕とは別に、腹部の左右あたりから、六角形のパネルを組み合わせたような大きな腕が生えている。頭部から生えている触角が炎のように揺れ、結晶のような翼が美しい。体のパーツが全体的に角張っているその姿は、生物的というよりも機械的という印象を受ける。

タケルが啞然として呟く。

「エオスモンが……」

「進化した……」

光子郎の表情にも、動揺が滲んでいる。

「関係ない」

グレイモンが、毅然としてエオスモンを見据える。敵がどんな姿になろうと、自分たちがすべきことは変わらない。

「ああ。やるぞ！」とガルルモンも同調する。

グレイモンとガルルモンが勢いよく飛び出し、エオスモンへと向かっていく。

二体を迎え撃つべく、エオスモンが大きな手でブロックを押すようにして反動をつけ、飛んだ。

そのスピードはすさまじく、グレイモンは正面から突進してくるエオスモンをよけることができなかった。軽々と体を運ばれると、あっという間にネットに叩きつけられ、押さえ込まれる。

「グレイモン！」

太一が声を張り上げる。

「ガルルモン！」

ヤマトの指示を受けたガルルモンがガバッと口を開き、勢いよく炎を吐き出した。しかし、炎はエオスモンの直前で、見えない壁に阻まれたかのように四散してしまう。

ヤマトの表情が強張る。

「弾かれた！」

エオスモンの周囲には、キラキラとした光の粒のようなものが漂っていた。

それを見て、光子郎が気づく。

「鱗粉です！　エオスモンの出す鱗粉が攻撃を弾いたんです！」

「だったら」とタケルがエンジェモンに視線を送る。

エンジェモンが、即座にエオスモンへと攻撃を仕掛けに向かった。

槍のように鋭い触角をグレイモンに突き立てようとしているエオスモンを、エンジェモンは金色の杖を大きく振って追い払う。

グレイモンから離れて後退したエオスモンは、先ほど自らが射出したパネルの上に着地した。

それを追うエンジェモンが腕を振り抜き、近距離からヘブンズナックルを放つ。

確実に標的をとらえたと思われたエンジェモンの攻撃は、しかしエオスモンが足場としていたパネルを破壊しただけだった。

「何！」

困惑しつつ、エンジェモンは気配を感じて上方を確認する。いましがた目の前にいたはずのエオスモンが、遥か上空でパネルに手足を置いていた。

エンジェモンが状況を理解するよりも早く、エオスモンがパネルを手足で押すようにして飛び立つ。反応できないほどの速度の突進を食らい、エンジェモンの羽が痛々しく散った。

「エンジェモン！」

タケルが愕然として声を上げる。

パネルを利用して、エオスモンが縦横無尽に空中を高速移動する。その様は威嚇のようでもあり、自らの力を誇示するパフォーマンスのようにも見える。

「速い！」

太一は驚き、懸命にエオスモンを目で追う。

「最初に放っていたあのパネル……」と光子郎。

「高速移動のためのものか」

ダメージを負ったエンジェモンが、苦しそうに言う。

「ワテが止める！」

メガブラスターを放とうとカブテリモンが飛翔するが、それを嘲笑うように、エオスモンが高速ですれ違った。

姿をとらえきれず、「アカン」とカブテリモンが呟く。

高速移動をしながら、エオスモンが触角をビームのように伸ばす。伸ばされた触角がカブテリモンの肩に命中し、大きく弾き飛ばした。

「ぐあ！」

「カブテリモン！」

光子郎が表情に焦燥を浮かべる。

「メノアさん、エリアデータのバックアップは？」

『六二パーセント。ダメ、まだかかる！』

画面に目を走らせて、メノアが答える。

「太一！　出し惜しみはなしだ！」

　ヤマトが声を張り上げる。

「ああ。やろう！」

　一気に決めようという二人の意志に呼応するように、グレイモンとガルルモンが光の球体となり、流星のごとく尾を引きながら螺旋を描くように上昇していく。やがて光がクロスすると、ウォーグレイモンとメタルガルルモンの頭部が現れ、そこから噴き出た光の粒子が形を作っていった。美しい光の輝きを、エオスモンまでもが見つめている。

　思わずモニターを覗き込みながら、メノアが呟く。

「これが……」

「オメガモン」

　井村の声にも、かすかに驚嘆するような響きがある。

　電脳空間内を照らす強烈な光が、次第に収まっていく。

　光が消えると、オメガモンが両腕を広げ、背中のマントをはためかせながら騎士然とした勇壮な姿を披露した。白い装甲に、兜の奥の丸く青い瞳。胸部の中心には、太一の勇気の紋章とヤマトの友情の紋章が混ざり合ったような印が刻まれている。ただたたずんでいるだけで、歴戦の戦士としての威厳のようなものが感じられる。

「行け！」

太一とヤマトが同時に叫び、オメガモンが右腕を突き出すと、メタルガルルモンの頭部の形をした腕先が口を開けるように開き、中から大砲が出てくる。

左腕をそえるようにして構え、オメガモンがガルルキャノンを撃つ。ものすごいエネルギー量の光球が、エオスモンに向かって飛んでいく。

エオスモンが、再びパネルを足場にして高速で移動する。光球が、エオスモンの背後でパネルを砕き、耳をつんざくような音を響かせながら爆発を起こした。

オメガモンが二射、三射と連続でガルルキャノンを撃ち続け、それをエオスモンがパネル間を瞬間移動するようにしてかわし続ける。

「速い」とタケル。

「いいえ。オメガモンの狙いは、あのパネルです」

光子郎の言う通り、オメガモンはガルルキャノンで、空間内にあふれていたパネルを見る見るうちに消し飛ばしていく。砲撃を放つたび、パネルは脆くも砕け散った。視界に入るパネル全てを、オメガモンは容赦なく破壊した。

エオスモンが、探し物をするようにキョロキョロと周囲を見回す。しかし、視界の中に、パネルはもうひとつも残っていない。

「いまだ！」

ヤマトの声に反応し、オメガモンが渾身のガルルキャノンを撃つ。発射の衝撃で、背中のマントが大きくはためいた。巨大な光球が、一直線に飛んでいく。

放たれた砲撃が、遂にエオスモンを直撃した。大爆発が起こり、鼓膜が痛くなるほどの爆発音が轟く。

吹き飛ばされたエオスモンの左腕は、ボロボロに破損していた。

腕を振り、太一が叫ぶ。

「とどめだ！　オメガモン！」

オメガモンが左腕を振り上げてグレイソードを構え、空を駆けるようにしてエオスモンとの距離を詰める。

「よし！」

勝利を確信し、タケルが両の拳を握る。

光子郎も笑みを浮かべ、小さくうなずいた。

「行け！」とヤマトが身を乗り出す。

「終わりだ！」と太一。

異変は、太一の部屋で起きた。

誰もいない静かな一室で、引き出しの中にあるオリジナルのデジヴァイスから、突如として光のリングが出現した。

「何だ」

目の前の異常事態に、太一の表情が凍りつく。

剣先がエオスモンに届くまさにその直前、不意に、オメガモンの動きが停止した。攻撃を受けた様子はない。だが、突然自由が利かなくなってしまったかのように、体の各部位が不規則に動き出す。

「オメガモン！」

混乱した様子で、ヤマトがオメガモンの名を呼ぶ。

乱暴に扱われる人形のように、オメガモンの体がぎくしゃくと動く。自らの意志で、視線を定めることすらままならない。やがて体が光り、そこから二つに分かれるようにアグモンとガブモンが吹き飛んだ。

「ぐえっ」

空間内に浮かんでいたアイコンに衝突したアグモンが、コロモンへと退化する。

「ぐあっ」

ブロックに打ちつけられたガブモンも、ツノモンに戻ってしまう。

「何なんだよ！　何でオメガモンの合体が解けたんだ！」

想定外の事態に、太一が動揺した声を出す。

「光子郎！　どうなっているんだ！」

　ヤマトも冷静さを失っている。

「そんなこと、僕にもわかりませんよ！」

「幼年期に戻るなんて、これじゃあ……」とタケル。

「ツノモン！」

　混乱する声が入り乱れる音声を耳にしながら、モニタリングしていたメノアは愕然として目を見張った。

「まさか……」

　太一たちが動揺している隙をつき、エオスモンが包囲ネットに取りついた。そこからネットに腕を差し込み、こじ開けようとする。

「逃げる気だ！」

　タケルが焦り、「させない！」とエンジェモンが止めに向かう。

　近づいてくるエンジェモンを迎撃すべく、エオスモンが触角を勢いよく伸ばす。

　翼を負傷しているエンジェモンに、それを回避するだけの余力はなかった。正面から攻撃を受け、あえなく撃墜されてしまった。

「エンジェモン！」

「光子郎はん、ワテも」

カブテリモンがエオスモンを止めるべく前に出ようとするが、その機先を制するように高速で伸びてきた触角に、後方へと弾き飛ばされてしまう。

「ぐぁっ！」

「カブテリモン！」

光子郎が振り返る。そのとき、カブテリモンが飛ばされた先に、破壊されたエオスモンの左腕が漂っているのが目に入った。

当面の脅威を排除したエオスモンが、触角を元に戻す。腕を差し込んだ箇所から、次第に穴が広がっていく。

「ダメだ。逃げられる」

ぐったりとしたコロモンを抱きながら、太一が言う。

腕に力を加え、エオスモンが盛大に包囲ネットを破った。

「くっ」とヤマトが悔しそうに歯がみする。

外壁にゲートが開き、エオスモンがそこへ飛び込んでいく。

メノアが操作していたパソコンのモニターに、目標をロストしたことと、エリア内の意識データが消失してしまったことを告げるメッセージが表示される。

メノアは唖然とし、背もたれに体を預けた。

室内には重苦しい空気が満ちている。

作戦が失敗し、太一たちは光子郎のオフィスに帰還していた。

苛立ちをぶつけるように、太一が両腕をデスクに叩きつける。

「どうなってんだよ！　何で急にオメガモンの合体が解けたんだ」

「わかりません。オメガモンにダメージがあったとも考えがたい。それなのに、幼年期まで戻ってしまうなんて」

光子郎が口元に手を当て、思案するように言う。

ソファの上では、コロモンとツノモンに、テントモンとパタモンがハンバーガーやポテトをせっせと食べさせてあげている。体力を回復させるためだ。

「とにかく、いまは態勢を立て直さないと」とヤマト。

「そうだけど」

太一は顔を上げ、コロモンたちを見る。

「こんな状態で、どうするんだよ」

太一の問いかけに、誰も答えを返すことができない。

重たい沈黙が下りる前に、光子郎が口を開く。

「いまは、エオスモンと意識データを発見することに注力しましょう。それと、なぜオメガモンがああなったのか、調べてみます。もしかしたら、電脳空間にデジモンの進化を抑制する何かがあったのかも」

「違う」

メノアの声が光子郎の言葉を遮った。

一同の視線が、メノアに集まる。いつの間にか元の姿に戻っていたアグモンとガブモンも、きょとんとして彼女を見ている。

「違うって、どういうことだよ？」

「おそらくこれは、あなたたちの問題よ」

立ち上がって太一の方に顔を向けながら、メノアが静かに言う。

「俺たちの？」

怪訝そうに、ヤマトが言う。

「どういうことですか？」

光子郎が眉をひそめ、訊ねる。

「皆はなぜ、デジモンのパートナーに子どもたちが選ばれるのか、理解してる？」

話しながら、メノアは窓の前へと移動する。窓外には、巨大な入道雲がそびえ立っていた。

それを見つめながら、彼女は続ける。

「それは、可能性にあふれているから」

「可能性？」と太一は繰り返す。

メノアは遠くに漂う入道雲をなぞるように、窓に沿って手を上に伸ばす。雲の中では、雷が不穏に光り続けている。

「未来に広がる無限の選択肢。それを選ぶことで得られる成長。『成長』と『可能性』の両立は、莫大なエネルギーを生み出す」

そう言って、メノアは拳を作った。

「あなたたちもわかっているはず。パートナーデジモンのエボリューションは、あなたたちの『成長』がトリガーになっていた」

メノアの説明に、太一たちは不安げな面持ち（おももち）で耳を傾けている。

「私たちは日々生きていく中で、色々な可能性を選択し、成長していく。でも、その中で確実にデジモンたちとの間にあるパワーは失われていき、そのパワーがなくなれば」

メノアはそこで一度言葉を切り、寂しげな顔で振り向いた。

「デジモンとのパートナー関係は解消される」

メノアの非情な宣告に、太一たちは唖然として息をのむ。

「どういうこと？」とアグモン。

「オレたち、別れなきゃいけないってことか？」ガブモンが確認する。

「え、嫌だよ！」とパタモンが子どものように言う。

「意味がようわかりませんな」

騒ぎ出すデジモンたちに、メノアが淡々と答える。

「言葉の通りよ」

「初めて聞く話ですね」

光子郎が牽制する。嘘や間違いの可能性だってある。むしろ、そうあってほしかった。

しかし、メノアの表情は変わらない。

「あなたたちにだって、知らないことはあるの」

「じゃあ何でお前は知ってるんだ？」

ヤマトが挑むような口調で言う。

「それが私の研究テーマだからよ。進化を維持できなくなるのは、その最初の兆候なの」

メノアの説明を頭から追い払うように、太一が勢いよく振り返る。

「アグモン！」

「え？」

「行くぞ。エオスモンを見つけて倒すんだ」

「やめなさい！　無理な進化と戦闘は、パートナーとの別れを早める」

逸る太一を、メノアが制止する。

「信じられるか！　行くぞ、アグモン」

太一が怒鳴り、ポケットからスマホ型のデジヴァイスを取り出すと、アグモンと目線を合わせようと腰を下ろした。

しかし、そこで太一は異変に気づき、表情を強張らせた。デジヴァイスの中心に浮かぶ勇気の紋章を囲うように、花弁を思わせる形をした光が出現し、輪を作っている。

「何だ……これ」

「それが、証拠よ」

静かな声で、メノアが諭すように言う。

「そのリングは、あなたたちとパートナーデジモンを結ぶ最後の光。その光のリングが消えたとき、別れが訪れる」

ハッとして、ヤマトたちも自らのスマホを確認する。

リングが出ておらず、タケルは安堵の息をもらした。

異常は見当たらず、光子郎もホッと胸をなで下ろす。

「認められるか……」

光子郎が呟くヤマトの方に視線を向け、言葉を失う。ヤマトのスマホには、ハッキリと光のリングが浮き上がっていた。

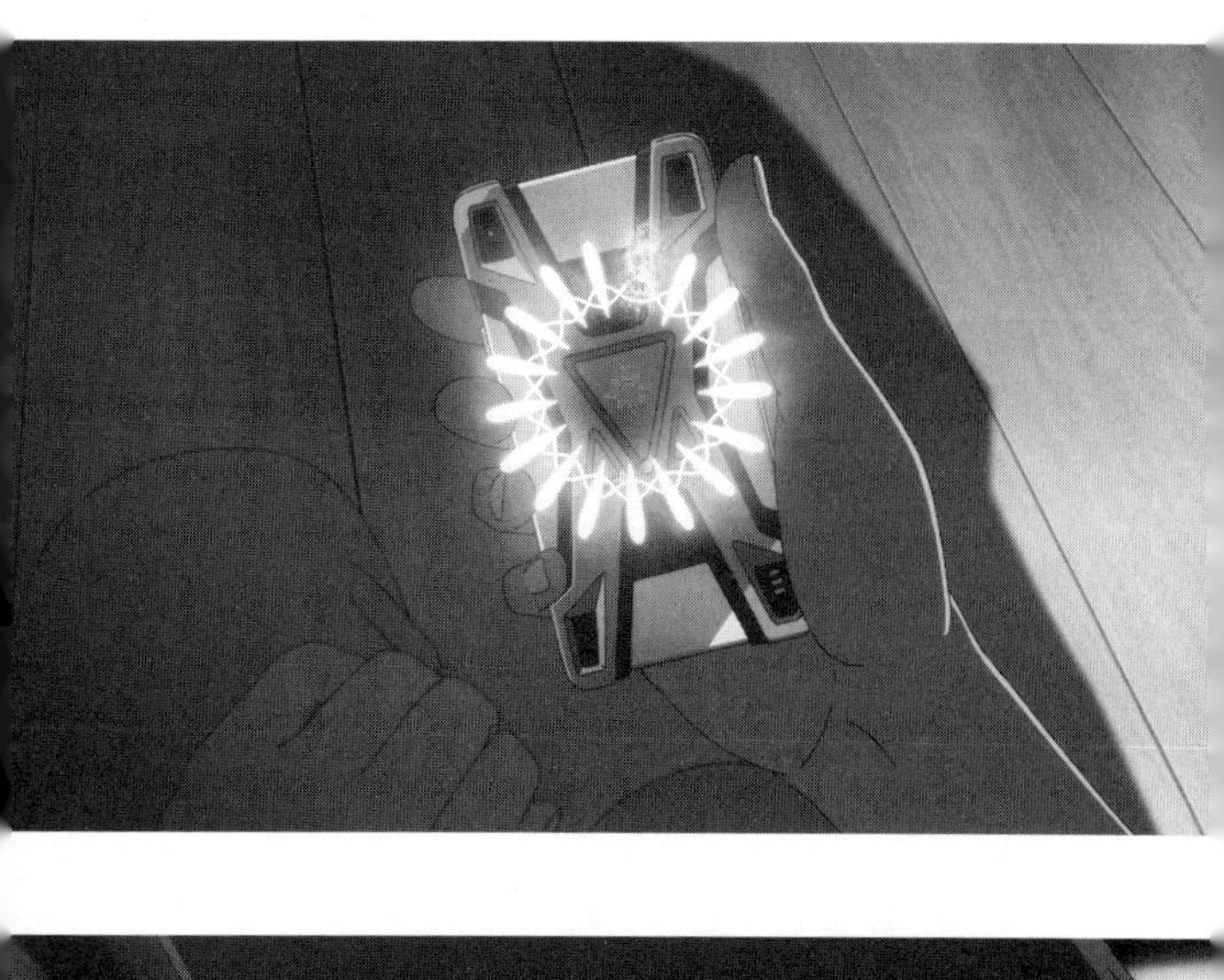

「俺は絶対認めない！」

激昂し、ヤマトが光子郎を押しのけて部屋から出ていく。

「兄さん！」

「ヤマト〜」

心配したガブモンが、あわてて後を追う。

「ヤマト……」

動揺する仲間を見送ることしかできなかった太一は、うつむいて、再びリングを見つめる。

「何だよ……。それじゃあ、大人になったら俺たち全員、デジモンと別れなきゃいけないってことか？」

そう言った途端、花弁が一枚散るように、リングの一部が消失した。太一の背筋に、冷たいものが走る。体の内側に、得体の知れない不安の影が広がっていく。

「僕も認められません。あなたの言っていることが本当だとしても、僕はあきらめない。対処法は、必ず見つけてみせます」

光子郎がハッキリと言いきる。

気持ちはわかるわ、とメノアは目を伏せる。

「でもこれは、現実なのよ」

　ヤマトとガブモンが、光子郎の会社の裏口から外へと出る。

　スマホには依然としてリングが浮かんでおり、ヤマトは苦々しげに歯を食いしばる。

　心配そうにヤマトのことを見上げていたガブモンだったが、人影に気づき、「ヤマト、あれ」と前方を指差した。

　ガブモンの指差した先には、柱の陰に隠れるようにして立つ井村の姿があった。

　そういえば、とヤマトは思い出す。メノアの話に集中していて気づかなかったが、あの男は、いつの間にか部屋からいなくなっていた。

　電話中らしく、井村は耳にスマホを当てている。

「ああ、こちらから行く」と井村が言い、通話を終了して立ち去っていく。

　その様子に不審なものを感じ取ったヤマトは、グッと顎を引いて井村の背中を見据える。

「行くぞ、ガブモン」

「え？　うん！」

　井村を見失わないように、ヤマトとガブモンは駆け出した。

レインボーブリッジが見える海岸の通りを、太一は背中を丸めながら歩いていた。

騒々しさを競うようなカモメと蟬の鳴き声が、周囲に満ちている。普段ならうっとうしく感じるそのやかましさも、いまはまるで気にならない。いや、気にすることすらできなかった。

光子郎のオフィスを後にしてから、答えの出ない問いを、ずっと頭の中で繰り返している。

後ろをついて歩くアグモンが、いつもと変わらぬ調子で太一に話しかける。

「太一～。ねえ、太一～。捕まってる三百人の人たち、どうなっちゃうのかな？」

「見つけて、助けないとな」

太一は上の空で返す。自分たちがやらなければいけないことだとわかっていながら、どうしても頭を切り替えることができない。

「うん。ボク頑張るよ」

「ああ」

夏の日射しが、アスファルトを焦がす。空を漂う雲も、すぐそばにある海も、嫌味なくらい穏やかだ。

太一の背中を見上げながら、アグモンが口を開く。

「……ねえ、太一。太一が大人になると、ボクたち一緒にいられないの？」

胸の奥に鈍い痛みが走り、太一は思わず立ち止まる。少しでも油断すると、不安と恐怖という怪物に吞み込まれてしまいそうだ。アグモンと別れる未来なんて、想像すらしたくない。だが、目を背けられない問題であるということは理解している。
どう答えればいいのか？
どうすればいいのか？
どうにかならないのか？
そもそも本当のことなのか？
思考が定まらず、言葉を発することができない。
二人の間に流れる息苦しい沈黙を破るように、アグモンの腹の虫が大きな声で鳴く。
「あ、ごめん」とアグモンがお腹を押さえた。
太一は短く息を吐き、不安を拭い去るように笑顔を浮かべ、振り返る。
「アグモン。飯、行こうぜ」

ニューヨークのとあるラーメン屋。三人の男がカウンター席に並んでいる。
中央に座る甚平に丸サングラスという怪しい風貌の男が、ラーメンと餃子を前にして嬉しそうに両手を合わせる。
「いっただきまーす」

割り箸を割り、勢いよく麺を啜（すす）る。

「美味（うま）い！」

味に満足した本宮大輔（もとみやだいすけ）が、サングラスを上げて笑顔を浮かべた。

「いただきます」

大輔の両隣に座る一乗寺賢（いちじょうじけん）と火田伊織（ひだいおり）が、行儀よく手を合わせる。

三人の膝（ひざ）の上にはそれぞれ、チビモン、ミノモン、ウパモンが身を隠すように乗っている。

「それにしても、何でラーメンなんだ？」

賢が大輔に訊ねる。

「将来俺は、ここでラーメン屋を開こうと思っている。つまり、敵情視察ってやつさ」

話を聞きながら賢は餃子に箸を伸ばし、それをミノモンの口に運ぶ。

「美味（おい）しい。賢ちゃん、ありがとう」

幸せそうに、ミノモンが礼を言う。

「美味しいですけど、東京でも食べられる味ですし、何より値段が……」

「うるさいぞ、伊織」と大輔が唇を尖（とが）らせる。

「大輔。オレにも、オレにも」

チビモンが催促する横で、ウパモンが伊織に麺を食べさせてもらう。

「オレは大和屋（やまとや）のラーメンの方が好きだぎゃ」

ウパモンが素直な感想を口にする。

「ほら」と大輔がチビモンにラーメンを食べさせる。

ラーメンを咀嚼(そしゃく)し、飲み込んだチビモンが目を輝かせる。

「美味ーい！」

「静かにしろって！」

感動して大声を出すチビモンの口を、大輔があわてて塞ぐ。

そのとき、大輔のスマホが着信を告げた。

「誰だ？」

胸元から取り出したスマホの画面を、大輔は訝(いぶか)しげに見る。電話は公衆電話からかかってきている。

「もしもし？　あ、何だ、ヤマト先輩ですか。はい、久し振りっす。え、いまですか？」

よくぞ聞いてくれたというように、大輔が表情をほころばす。

「いま、ニューヨークでラーメン食べてんすよ！」

テンション高く、大輔が答える。

『ああ。タケルにそう聞いて電話したんだ』

大輔とは対照的に、ヤマトの声は落ち着いている。

「デジタルゲートって便利っすよね。おかげで飛行機代タダっすよ」

光子郎が開発したスマホ型のデジヴァイスにより、どこにでもデジタルゲートを開くことが可能となった。おかげで、デジタルワールドを経由すれば世界中のどこにだって行ける。

『お前たち、Ｄ－３に何か変わりはないか？』

「え？　別になんにもないっすけど」

大輔は不思議そうに答える。

『そうか。だったらいいんだ』

「何かあったんすか？」

少し躊躇（ちゅうちょ）するような間を置いてから、ヤマトの声がする。

『……実は、頼みたいことがあるんだ』


「素性調査？」

賢と伊織が声を揃（そろ）えて言う。

会計を済ませた三人が、店の外へと出る。

「メノア・ベルッチと井村京太郎。この二人を調べろ、って」

通りを走りながら、大輔が説明する。

「何のためにだぎゃ？」

「さあ」

「うーん。事件の匂いがするな」

大輔の頭の上で、チビモンが言う。

「大輔。僕、その人知ってるよ」と賢。

「え？」

「確か飛び級で大学入ったり、博士号や特許を取ったりで、子どものころから神童だって騒がれていたはずだよ」

「よっしゃあ！　とっとと終わらせて、メジャーリーグの試合観に行こうぜ！」

元気いっぱいにくるっと一回転して、大輔が気合いを入れるように腕を振り上げた。

太一はハンバーガーショップの窓際の席に座り、隣で美味しそうにハンバーガーをほおばるアグモンの様子を、穏やかな顔で眺めていた。幸せそうに咀嚼する横顔を見ていると、こっちまで嬉しくなってくる。だが、不意にこんな時間がいつまで続いてくれるのだろうかと考えてしまう。永遠なんてない。別れは必ず来る。そんなことはわかっている。しかし、突然その瞬間が間もなくやってくると宣告されても、心の整理などできるはずもない。
食事を終え、店を出てから、太一とアグモンは公園へと向かった。

楽しそうに滑り台で遊ぶアグモンを、太一はぼんやりと見守る。初めて会ったときから、アグモンはずっと変わらない。

自分はどうだろう？　子どものときと比べて、どのくらい変わったのだろうか。自問してみても、ハッキリとは答えられなかった。

空が夕焼け色に染まったころ、太一はアグモンを連れて自宅のマンションへと帰った。

「おじゃましまーす」

室内に足を踏み入れたアグモンが、興味深そうにキョロキョロと部屋の中を見回す。

太一がカーテンを開けると、夕陽が室内を明るく照らした。

「狭いね」

「ほっとけ……って、アグモン。この家来るの、初めてだったな」

「うん。初めて来た」

どこか嬉しそうにアグモンが言い、鼻をひくつかせて部屋の匂いを嗅ぐ。

「壁薄いから、あまり大きな音立てるなよ」

動き回るアグモンにおざなりな注意をしてから、太一は冷蔵庫を開ける。

「何か飲み物でも――」

「太一～」

「あん？」

「これなあに？」

振り返ると、アグモンがベッドの下に隠しておいた成人向けのＤＶＤたちを手にしていた。

「ああああああああああああああああああああああああああああ！」

目をむき出して叫びながら、太一はあわててアグモンの手からＤＶＤを奪還する。それからベッドに転がるようにして、秘密のコレクションを布団の中に突っ込んだ。背中で隠すように、後ろ手で布団を押さえる。

「これは友達が！　何でもない！」

隣の部屋まで聞こえるほどの大声で、太一が釈明する。

「えー、見せてよー」

アグモンが無邪気に言う。

「これは大人じゃないと見ちゃ……」

言いかけて、太一は〝大人〟という言葉に思わず口をつぐんだ。

「ん？　どうしたの？」

アグモンが不思議そうに首を傾げる。

太一は立ち上がり、テレビラックに近づく。一番上の引き出しを開けて中を確認し、眉をひそめた。

やはり、オリジナルのデジヴァイスにも光のリングが出現している。メノアの説明の真偽はともかくとして、何かが起こっていることは、もう疑いようがない。

「太一？」

「アグモン」

「え？」

太一はアグモンと真っ直ぐに視線を合わせ、右手を差し出す。

「俺たちは、ずっと一緒だ」

その言葉は誓いでもあり、祈りでもある。

アグモンは、太一を見つめ返す。大人びてはいるが、確かに子どものころの面影を残す真剣な顔が、そこにはあった。小さくうなずき、差し出された手をしっかりと取る。

「うん」

そのとき、テーブルの上に置かれていた太一のノートパソコンの画面がにわかに光り始めた。

太一とアグモンが驚いてそちらに視線を移すと、光が画面から餅のように伸び出てきて、床へと着地する。

光が、人の形となっていく。長髪を後ろで束ねた、若い男の姿だ。

「よう。久し振り」

微笑を浮かべて挨拶（あいさつ）する男を見て、太一とアグモンは、手を繋（つな）いだまま目を丸くする。

「ゲンナイさん！」

　オフィスでパソコンと向かい合いながら、光子郎はキーボードの上で素早く手を動かす。回収したエオスモンの破片の解析を試みていた。

「調子はどうでっか？」

　光子郎の傍らに立ち、テントモンが訊ねる。

「なんとも言えませんね」

　答えながら、光子郎は軽く休息をとるようにモニターから視線を外した。作業を中断すると、頭の中で昼間にメノアから告げられた言葉が蘇った。太一とヤマトのデジヴァイスに浮かんだリングのことも思い出し、表情が曇る。

「テントモン。〝命のロウソク〟って知ってますか？」

「は？」とテントモンが首を傾げる。

「落語の『死神』って演目なんですけど、死神が管理する洞窟にはたくさんの人たちの命のロウソクが置かれていて、そのロウソクの長さが人の寿命だと、主人公は死神に知らされるんです」

「はあ、ロウソクが寿命でっか……」

怪訝そうに、テントモンが相槌を打つ。

「ええ。そのロウソクの炎が消えると、ロウソクの持ち主は死んでしまうんです。主人公のロウソクは風前の灯で、それを見た主人公は……」

そこで、光子郎は一度言葉を切った。

「どないしはったんですか？」

焦れたように、テントモンが先を促す。

「テントモンは、どうなったんだと思います？」

「そんなぁ。意地悪せんで教えてーな」

テントモンの反応を見て、光子郎は微笑を浮かべる。

「実は諸説あるんですよ。命惜しさに奪った隣のロウソクが奥さんのだったとか、倒れていたロウソクを立てたらそのロウソクが病気がちの弟のだったとか、どうしようかと迷っているうちに火が消えてしまったりとか」

「はあ。ハッピーエンドになるには、えらいハードルが高そうでんなあ」

テントモンが、首を左右に振る。

「僕にはあの光のリングが、命のロウソクに思えて仕方がないんです」

太一とヤマトのデジヴァイスに浮かんでいた光のリング。いつか自分のデジヴァイスにも、あのリングが浮かび上がる日が来るのだろうか。他人事とは思えず想像しただけで、暗澹とした気持ちになる。

　テントモンを見つめ、光子郎は口を開く。

「テントモンなら、どんな最後を望みますか？」

　そうでんな、とテントモンは思案するように顔を上げる。

「わいなら、無理矢理奪うよりも、人に与えて終わりたいでんな」

「……僕もです」

　光子郎とテントモンは顔を見合わせ、表情をほころばせた。

　光子郎は再びモニターと向かい合い、作業を再開する。それが、現状を打破する一歩となることを信じて。

　石造りの椅子に鎮座する立派な女神像のそばで、大輔は「はあ」と大きな溜め息を吐く。
　メノアが在籍しているリベリカ大学で、賢と伊織と三人で手分けして聞き込みをしてみたのだが、成果はかんばしくない。
「メノアという人が有名人だということはわかりましたが」と伊織。
「ヤマト先輩の欲しい情報は手に入らなかったな」と賢。

「こんだけネットが普及してるっていうのに、わかんないことはわかんないものだなあ」

気落ちする三人をよそに、ブイモンはアルマジモンにまたがって楽しそうにしていた。走り回るアルマジモンを、ワームモンが「待ってー」と言いながらひょこひょこと追いかける。

「ハロー」

明るい声が聞こえ、一同が振り向く。階段の上に、子どものころから変わらない快活な笑顔を浮かべた京(みやこ)とホークモンが立っていた。

「皆、元気してた?」

「お久し振りです」

ホークモンが、礼儀正しく頭を下げる。

「やあ、京さん。早かったね」と賢。

「ホークモン!」とブイモン。

「だぎゃ」

「元気だった?」

ワームモンが訊ねる。

「ええ」とホークモンがうなずく。

京が階段をピョンと飛び降りる。

「デジタルゲートで、スペインからひとっ飛びー」

「数分後にはニューヨークとは、便利なものです」

　ホークモンが感慨深げに言う。

「折角来たんだから、二人とも、しっかりと役に立ってくれよ」と大輔が笑顔で言う。

「もちろん、そのつもりよ。で、状況は？」

「聞き込みはしたんだけど」と賢は少しバツが悪そうに言う。

　その言葉に続けるように、大輔が両手を大きく上げてみせる。

「お手上げ状態」

　思案するような間を置いて、伊織が口を開く。

「でしたらいっそのこと、別のアプローチで調べてみますか？」


　大輔たち一同は、とある研究室のドアの前に立っていた。ドアの上部に掲げられているプレートには、メノア・ベルッチの名前が書いてある。

「なるほどね。直接本人の研究室を調べるってわけね」

　ドアを覗き込むようにして、京が言う。

　大輔とブイモンが、警戒しながら廊下の左右を見回す。

「でも、どうやって入るんだ？　鍵かかってるぞ」

　大輔の言う通り、ドアの横にはカードリーダーの付いたドアロックが設置されている。

もちろん、ここにいる誰も、カードキーなんてものは持っていない。

伊織に抱き上げられていたアルマジモンが、ひょいと手を伸ばす。

「だぎゃー」

アルマジモンが、自らの爪でカードを読み込む隙間をなぞるようにスラッシュすると、カードリーダーに付いているランプが赤から青に変わった。

ガチャ、と鍵の開く音がする。

「ビンゴ！」と京が指を鳴らして喜ぶ。

「あんなので開くんだ」

半分呆(あき)れたように、賢が感心する。伊織はポーカーフェイスのままだ。

京がゆっくりとドアを開ける。

「こんにちはー」と大輔は儀礼的に挨拶するが、部屋の中には誰もいない。

メノアの研究室は雑然としていた。壁際には大きな本棚があり、大量の資料が積まれた丸テーブルを挟むように、椅子が二脚置かれている。壁には絵画が飾られていて、その絵を囲むようにたくさんのメモが貼られていた。

パソコンの置かれたデスクを発見し、伊織が「ありました」と声を上げる。

「オーケー」

京が腕をぐるぐると回して、デスクに近づく。

大輔はパソコンには関心を示さず、「へえ、本ばっかだな」とキョロキョロと室内を観察している。

「ここからは私の出番ってわけね」

デスクに手をつき、京が意気揚々とパソコンの画面を覗き込む。が、デスクの上にパソコンよりも興味を惹(ひ)かれるものが飾られており、思わず視線を奪われた。アメジストの原石を使用したオブジェだ。紫色の水晶の向こうに、小さな宇宙があるかのようだ。

良い趣味してるわね、と京は声に出さずに感心する。

「綺麗(きれい)な絵だぎゃー」

アルマジモンが感嘆し、京が声のした方に顔を向ける。

そこには、美しい女神の絵が飾られていた。

新橋(しんばし)にあるホテルの一室。ベッドの上には旅行鞄が開かれた状態で放置され、テーブルの上には水の入ったペットボトルとルームサービスのワインボトルが並んでいる。照明は点いておらず、薄暗い。

メノアは髪をほどき、下着にタンクトップ姿で、張り出し窓に座っていた。膝の上にのせたノートパソコンには、エオスモンの画像とところどころ赤く点滅している東京のマップ、そして太一たちの名が連なるリストが表示されている。

ふと、窓ガラスに雨粒が線を作った。降り出したと意識するよりも早く、夏の雨は激しさを増していく。

落雷が、一瞬だけ室内を明るく照らした。


激しい雨の音をかき消すように、時折、雷が大きな音を響かせる。

ヤマトは雨に打たれながら、細いT字路に停車している軍用車のような大型車を、雑居ビルの外にある非常用階段から見下ろしていた。

「あいつ、何してるんだ……」

ヤマトの視線の先、大型車の助手席には、井村が座っている。

不審な気配を察知し、ヤマトは六本木まで彼を尾行してきていた。

井村が、運転席に座る男と何事か言葉を交わす。そして、運転席の男から、非日常的かつ暴力的な道具を受け取った。

その現場を目撃し、ヤマトとガブモンがギョッとする。

「ヤマト！　あれ銃だよね？」

銃を手にした井村の顔は平然としたままで、普段からそういった道具に触れていることがうかがえる。

不吉な予感を覚え、ヤマトは口を引き結ぶ。

部屋の窓を、雨粒が乱暴に叩く。

室内の雰囲気は暗く、重たい。

「それじゃあ、本当なんですね？」

沈んだ声で、太一がゲンナイに訊ねる。

「残念だが、パートナーシップの解消という事例は起こっている」

「どうしてそんな大事なことを」

「人は寿命について、ことさら話し合うことはしないだろ？」

ゲンナイが答える。

太一が顔を伏せる。そうだ。これはそういう話なのだ。スマホを手に取り、リングを眺める。

「このリングも……」

「そうだ。君たちの一緒にいることのできる残り時間だ」

ゲンナイが淡々と告げる。

アグモンは表情を変えることなく、ただ太一の顔を見つめている。

太一が歯を食いしばる。スマホを持つ手は震えている。それでも、勇気を振り絞るようにして口を開いた。

「パートナー関係が解消になったら、俺たちは……アグモンは……どうなるんですか？」

「デジモンは、その姿を消すことになるだろう」

これ以上ないほど残酷な答えに、太一は愕然とする。

絶句する太一に、ゲンナイがゆっくりと話を続ける。

「だが、君たちにまだ無限の可能性があるのなら……あるいは」

ゲンナイの言葉に、太一はもう反応を示せないでいた。

それからは、もう誰も言葉を発さなかった。

雨音だけが、室内に響き渡る。

上機嫌に鼻歌を歌いながら、太刀川（たちかわ）ミミはパルモンと一緒に自社の倉庫に足を踏み入れた。
倉庫には背の高い棚が並んでおり、段ボール箱がいくつも積まれている。段ボール箱の中身は、ミミが運営する通販サイトの商品だ。

ミミは、手にしていたトートバッグを床に置く。

「パルモン。今日もささっと在庫チェック、終わらせちゃいましょ」

「はーい」

ミミは近くにある段ボール箱に手を伸ばした。トートバッグの中にしまってあるスマホのカメラは、彼女の方に向いている。

パルモンが、低い位置にある段ボール箱を開き、商品の数を確認する。

「ごー、ろーく、なーな、はーち、きゅう」

すると、スマホの着信音が鳴り始める。

「ミミ、電話よー」

「はいはーい。聞こえてますよー」

言いながら、ミミがバッグの中のスマホに手を伸ばす。

スマホのカメラが、ミミの手で覆われた。


テイルモンを膝の上で抱きながら、ヒカリは座席に座って電車に揺られている。退屈な時間を潰すように、二人は話題の飲食店をスマホで検索し、出てきた料理の画像を眺めていた。

「美味しそうだな、ヒカリ」

「うん。今度食べに行こう」

ヒカリとテイルモンに、スマホのフロントカメラを気にする様子はない。

雨が降りしきる中、タケルが傘を差しながらパタモンを抱えて歩いている。

ビルに取りつけられた防犯カメラに映っていることを気に留める者は、誰もいない。すぐ脇を通り抜ける車の群れも、忙しなく歩道を行き交う人々も、もちろんタケルも。

国会図書館で、ヤマトは目の下に隈を作りながら、マイクロフィルムリーダーの画面を食い入るように見つめている。

過去の新聞記事を調べ、メノアと井村に関する情報を探っていた。

記事を眺めていると、一枚の写真を見つけた。まだ幼さの残るメノアが、大学の入学証を手にして写っている。

ヤマトは目を凝らして、記事の写真を注視する。メノアの足元に、何かが写っている。拡大すると、メノアに寄り添うように、小柄で可愛らしいデジモンが立っていた。頭から、綺麗な模様の羽が生えている。

しばらく無言でその写真を眺めていたヤマトは、機械を操作して次の記事へと移った。

数年ほど前の記事から、井村の姿が確認できた。その後は、どの写真入りの記事でも、メノアの近くに井村がいる。

訝しげに写真の中の井村を睨んでいたヤマトだったが、不意に疲れを感じ、目頭を押さえる。

「大丈夫か、ヤマト？」

心配になり、ガブモンが訊ねる。

「え？」

「全然寝てないじゃないか。少しは休まないとダメだってば」

「このくらい何てことないさ。いまは非常事態だしな」

そう言って、ヤマトは作業を続けようとする。

着信音が鳴り、二人の視線がスマホへと向いた。

病室のドアを、ヤマトが勢いよく開ける。
室内には太一と光子郎、それに白衣姿の城戸丈が立っている。アグモンとテントモン、ゴマモンも一緒だ。
そして、部屋にひとつだけ設置されたベッドには、ミミが横になって目を閉じている。パルモンの姿はない。

「丈！」

国会図書館で連絡を受け、急いでやって来たヤマトが、状況の説明を求める。

「大きな音がしたって通報があって、警察が駆けつけてみたら、倉庫の中でミミくんがひとり倒れていたそうだよ」

「ミミの病状は？」

太一が訊ねる。

「まだ何も」と丈は目を伏せた。

ガブモンが、ゴマモンに歩み寄る。

「ゴマモン、元気にしてたか？」

「うん。おいら元気だよ」

「ボクも元気だけど」

アグモンが自分自身を指差す。

再会を喜び合っているデジモンたちを尻目に、丈が説明を続ける。

「逆に言うと、意識がない以外は、どこにも異常は見受けられない」

「エオスモン。……あいつの仕業だ」

光子郎が呟く。

短い沈黙の後、ヤマトが口を開く。

「太一、光子郎。ちょっといいか？」

「どうしてこんなところに？」

光子郎が訊ねる。

「ここならカメラはないだろうしな」

病院の男子トイレには、ヤマトたち三人しかいない。

「監視されてるってことか」と太一が眉をひそめる。

「念のためさ」

ヤマトは背負っていたリュックの中をあさり、携帯電話を二台取り出す。

「プリペイド携帯だ。もうスマホは使うな」

「プリペイド……。スパイ映画かよ」

受け取りながら、太一が言う。

「ここで現状報告といきませんか？」

光子郎が提案する。

「そうだな。二人が何してたかも知りたいしな」

「……ゲンナイさんに会ったよ」

太一の報告に、二人が驚いて顔を向ける。

「何か言ってなかったか？」

「パートナー解消の進行を止めたり、回避する方法とか」

詰め寄るように訊ねる二人に、太一は無言でかぶりを振った。

それを見て、光子郎が無念そうに顔を伏せる。

ヤマトも表情を曇らせるが、つらい気持ちをしまい込むように目を閉じた。

「落ち込んでいる暇はない」

ヤマトが、リュックから数枚の資料を取り出し、太一に手渡す。

「これは？」

「右下の写真を見てくれ」

ヤマトが手渡した資料は、国会図書館で調べていた、メノアと井村に関する新聞記事を印刷したものだ。

「これって、デジモンですか？」

横から写真を覗き込み、光子郎が言う。

「ああ、間違いない」

「ってことは、メノアも〝選ばれし子ども〟ってことか？」

ヤマトの方を見て、太一が言う。

「パートナーデジモンが姿を見せていないってことは……」

光子郎が、思案するように手を口元に置いた。

「わからない。だが、それよりも怪しいのは助手の方だ」

「助手？」と太一。

「二枚目を見てくれ」

言われるまま、太一と光子郎は次の資料に目を落とす。

「メノアの研究成果が発表されるのと、井村が助手になった時期がほとんど一緒だ」

「確かに……」と太一が表情を強張らせる。

「それに、妙な動きをしている。何者なのかわからないが、必ず正体を暴いてみせる」

ヤマトは静かに決意を示す。

「そっちの方はお任せします。僕は、回収したエオスモンの破片を解析しているところです。同時に居場所の特定も」

「わかりそうか？」とヤマト。

「まだなんとも」

自らの不甲斐(ふがい)なさを恥じるように、光子郎が目を伏せる。

「念のため、すでにデータベースの〝選ばれし子どもたち〟には、警告は発しています」

「助かる。光子郎、お前も気をつけろよ。外部への接続は、可能な限り避けた方がいい」

「ええ。わかっていますよ」

二人の会話を耳にしながら、太一はそっと視線を落とし、スマホを確認する。光のリングは、もう半分ほどまで欠けてしまっていた。

暗澹とした気持ちを無理矢理胸の奥に押し込んで、太一は決然と顔を上げる。

「光子郎、ヤマト。この事件、俺たちで決着をつけよう。絶対に」

無意識に、スマホを握る手に力が入った。

太一たちがトイレで密談を交わしていたころ、アグモンとガブモンは病院内の渡り廊下にいた。

落下防止用の金網のフェンスの上に立ち、アグモンは目を凝らす。病室の窓をうかがい、太一たちの姿を探すが、見当たらない。

「危ないよ。やめておけって」

フェンスの下から、ガブモンが注意する。

「うーん。太一たち、いないなあ」

アグモンが、フェンスの上を綱渡りするように慎重に歩く。器用にバランスをとっていたが、濡れた足場に気づかず、つるりと滑ってしまう。

「わっ！」

体が宙に浮き、廊下の方へ落下する。反射的にフェンスをつかむが、それは状況を悪化させるだけだった。アグモンの重さに耐えられず、フェンスが音を立てて壊れていく。

「あちゃあ」

ガブモンが一度閉じた目を、恐る恐る開ける。アグモンがあおむけに倒れ、フェンスには大きな穴が開いていた。

「痛(い)てて……」

「あーあ。だから危ないって言っただろ」

ガブモンがアグモンを見下ろす。

アグモンは体を起こし、壊れたフェンスを見て目を丸くする。

「どうしよう。怒られるかな……」

「アグモンは本当に変わらないなあ」

ガブモンが呆れたように言い、アグモンはムッとして言い返す。

「ガブモンだって、ずっと大きさ変わってないじゃないか」

「オレが言ってるのは、体の大きさじゃないよ」

愉快そうに、ガブモンが頬(ほお)を緩める。

太一たちを探すのはあきらめて、アグモンとガブモンは、渡り廊下に置かれていたベンチに腰を下ろした。

しとしとと降る雨を眺めながら、アグモンが口を開く。

「太一もヤマトも、でっかくなったよね」

「うん。でっかくなった」

「太一さ、ひとりで暮らしているんだ。冷蔵庫には、お酒も入ってた。それって、大人になったっていうことだよね」

アグモンは嬉しそうに語るが、ほんの少しだけ、寂しそうでもある。

「うん。もう大人だ」

ガブモンが、前を向いたままうなずく。

「子どもじゃないいね」

「……お別れしなきゃ、いけないいんだな」

ガブモンが、しんみりと呟く。

「そうなの？」とアグモンは訊き返す。

「最近、ヤマトと一緒にいられる時間が増えて嬉しいんだ。嬉しいんだけど、一緒にいると楽しかった思い出も浮かんできちゃう。ヤマトと過ごした時間の全部が、大切な宝物だから」

ガブモンの横顔を見つめていたアグモンが、そっと視線を前へと戻す。

「ずっと一緒にいたいよ」

ガブモンがポツリと呟き、沈黙が下りる。アグモンも、同じ気持ちだった。

ほろ苦い静寂が流れ、アグモンとガブモンはしばらく無言で過ごした。

雨音をかき消すように、アグモンのお腹が、ぐうと間の抜けた音を鳴らす。

アグモンとガブモンは黙って前方を見つめ続けようとするが、すぐに我慢できなくなって吹き出してしまった。渡り廊下で、笑い声が重なる。

「全く、アグモンは」

相変わらずだな、といった調子でガブモンが笑う。

「ごめん」

「いつものことだろ」

「……ガブモン。ありがとう」

「お礼を言われるようなことでもないぞ」

前を見据えたまま、アグモンが口元をほころばす。

「ねえ、ガブモン。ボクは太一と出会えたことと同じくらい、皆と出会えたことが嬉しいんだ。ヒカリとテイルモン。タケルとパタモン。丈とゴマモン。ミミとパルモン。光子郎とテントモン。空(そら)とピヨモン。ヤマトとガブモン」

「それに、太一とアグモン」とガブモンが付け加える。

「皆と出会えたのは、太一のおかげなんだ」

「うん。ヤマトのおかげだ」

アグモンが、小さく顎を上げる。

「一緒にいた時間は、消えないよね」

「うん」

「ボクは絶対に忘れない」

アグモンがハッキリと断言し、ガブモンがギュッと拳を握りしめる。

「そうだ。いままでもオレは、ヤマトと一緒に悩んで、戦ってきた。今回だって、変わらないじゃないか」

「うん。そばにいて、悩んだら一緒に考える。そしたらきっと、太一は答えを見つけるよね」

悩みを吹っ切るように、アグモンはベンチから飛び降りる。

「ああ。パートナーとして、大切な人が選んだ道を一緒に歩こう」

「うん。そうだね」

アグモンがうなずき、何かに気づいたように「あっ」と声を上げる。

「それまでに、もっとたくさんの思い出作らなきゃ。焼肉食べて、ラーメン食べて、パフェも食べたいなあ」

いつもの調子のアグモンを見て、ガブモンは薄く笑う。そして、すっと手を差し出した。

「後悔しないように」

差し出された手を、アグモンはきょとんとして見た。少しして意味を理解し、笑顔を浮かべる。

「ふふっ。何だか大人みたいだ」

アグモンも手を差し出し、がっしりと握手する。

「恥ずかしいね」

アグモンが言う。

「そうだね」

ガブモンも照れ臭そうだ。

「あっ！　アグモン、ガブモン。こんなところにいたのか！」

振り返ると、廊下の先のドアの前に、丈がいた。

「太一とヤマトが呼んでるよ」

アグモンとガブモンが顔を見合わせ、うなずく。

「行こう」

握手をやめて、勢いよく丈の元へと走る。

「ねえ、丈」

アグモンが丈の脚をつつく。

「何だい？」

「あれ、穴開けちゃった」

アグモンが大きな穴の開いたフェンスを指差す。

それを見た丈が、目を大きく見開く。

「ああっ！　何てことしてくれたんだ！」

「ごめんなさ～い！」

自室の窓ガラスを滑るように落ちていく水滴を、武之内空は内側から人差し指でなぞるようにして追う。やがて水滴は他の水滴と合わさり、大きくなって下へと流れていく。

激しく降る雨が、やむ気配はない。

「ねえ、空。皆のところに行かなくていいの？」

空の腕の中で抱かれているピヨモンが、確かめるように言う。

「もう決めたの。戦わないって」

空は、慈しむようにピヨモンを強く抱きしめる。

「私は、ピヨモンと一緒にいるって」

降りしきる雨を眺めながら、空はあの日の出来事を思い出す。

スマホの画面をスクロールし、空はグループトークを確認する。数時間前に、光子郎から『渋谷区付近にデジタルゲート出現の予兆を察知しました』というメッセージが届いていた。さらにスクロールすると、太一からの『任務完了！』という報告が書かれており、仲間たちが労いのメッセージを送っている。

それを読んで、空はホッと安堵の息を吐く。

「よかった。皆無事で」

安心してスマホを机の上に置こうとすると、着信があった。ミミからだ。

『あ、空さん。久し振りー、元気？』

スマホの画面に、ミミの姿が映る。後ろの窓に見える一際大きな建物は、エッフェル塔だろう。彼女はいま、パリにいる。世界中を飛び回る彼女のことを、空は少し羨ましく思う。

「うん、元気だよ。どうしたの、急に？」

『空さん、最近グループトークの反応ないんだもーん。どうしてるんだろうと思ってさ』

ミミが笑顔で話す。それが嫌味の類ではなく、彼女の純粋な優しさであることを、空はよくわかっていた。時に眩しく感じるほど、彼女は真っ直ぐで心優しい。

「ごめん。本当は駆けつけないといけないのに、行けてないから。ちょっと申し訳なくて」

『そんなの、私だって海外ばっかで行けてないから。気にしない、気にしない』

「でも、私は近くにいるのに」

太一たち皆が対応しているデジモン関連の問題を遠ざけていると、〝選ばれし子ども〟としての役目を果たしていないようで、罪悪感のようなものを覚えてしまう。

『忙しい？』

「少しね。今度、お母さんの作品展に私も出展することになって」

『えー！　すごーい！』

大袈裟なリアクションをとるミミを見て、空は苦笑する。

「すごくないよ。家元の娘だからってだけ。でも、恥ずかしいのを出すわけにはいかないから」

今日も、先ほどまで華道の稽古をしていた。だが、納得のいく作品はできないでいる。正直に言って、自分の不甲斐なさに悄然とする毎日だ。

そういえば、ピヨモンはどこに行ったのだろう。

もしかして、さっきのことでまだ落ち込んでいるのだろうか。

光子郎からメッセージが届いたことを報せに来たピヨモンに、稽古中だった空は強い口調で「邪魔しないで！」と怒鳴ってしまった。うまくいかない焦りと苛立ちを、彼女にぶつけてしまったのだ。

理不尽な怒りを向けられても、ピヨモンは健気に「ごめんなさい」と謝罪の言葉を口にした。

申し訳なさそうにうつむく彼女を見て、後悔の念が押し寄せてきたが、空には謝る心の余裕すらなかった。「いまは、これをやらないとだから……」と言い訳がましく呟き、逃げるように目を逸らした。

『そっかあ、空さんも戦っているんだね』

ミミがしみじみと言い、空はそちらへ意識を戻す。

「ミミちゃんは、どうしてるの？」

『今度、雑貨販売のネットショッピングのサイトを立ち上げるんだ』

「ネットショッピング？」

空が言葉を繰り返すと、お洒落な帽子をかぶり、首にストールを巻いたパルモンが画面に映り込んできた。商品なのだろうか？

ミミがパルモンに、いいね、とピースサインをしつつ、応える。

『世界中にカワイイを広めるの。とか言いつつ、光子郎くんに手伝ってもらったんだけどね』

ミミはカメラに向かって苦笑して、楽しそうに続ける。

『ていうか、光子郎くんすごくない？　会社の社長して、パートナーデジモンを持ってる人のコミュニティネットワークの管理もして。全世界で三万人もいるんだって、パートナーデジモン持ってる人』

そんなに増えたんだ、と空は呟く。

「そっか。あれから十年以上経ったんだもんね」

『ね。歳もとるはずよ。タケルくんとヒカリちゃんが、来年二十歳だもん』

「あの二人が、お酒を飲める歳になるのね」

時の流れの早さに、空は眩暈を覚えそうになる。

『丈先輩は医学部でバタバタしてるし、ヤマトさんも、やりたいことが固まってきたって言ってたかな』

ミミは少し考えて『太一さんは、よくわからないけど』と付け加える。

空も頬を緩めて、穏やかな表情を浮かべる。

「そうだね。皆、それぞれの道を歩き出している」

画面の向こうにいるミミが、笑顔のまま口を開く。

『ねえ、空さん。私ね、私たちが〝選ばれし子ども〟になったのは運命だと思うの。でも、宿命じゃないと思うんだ』

空は、黙って友人の言葉に耳を傾ける。

『私は私らしく自由にやるよ。だから、空さんも自由に羽ばたいて。私たちは、いつだって空さんの味方だから』

「ミミちゃん。……ありがとう」

ミミの気持ちが嬉しくて、空はニッコリと目を細めた。

チャイムの音が聞こえ、『そうだ。忘れてた』とミミが眉をひそめる。

『ごめん。打ち合わせの時間だ。じゃあまたね。バイバイ』

ミミが元気よく手を振り、画面が消えた。

空はしばらく黙ってスマホの画面を見つめ、ミミの言葉を思い返していた。

後でピヨモンに謝らないと。

そう思っていると、誰かが部屋に入ってきた気配がした。空は椅子に座ったまま、背後を振り返る。

ピヨモンが、小ぶりな花を手にしてたたずんでいる。きょとんとする空に、ピヨモンが花を差し出す。

「これ、空にあげる。空、元気ないから。……花は自分の気持ちを伝えるものなんでしょ？　だから元気出して、空」

空はハッとして目を見開き、顔を歪ませる。理不尽に怒鳴られたのに、ピヨモンは自分のことを慮り、心配してくれている。混じりけのない優しさが、すっと心の中に染み渡っていく。

「ピヨモン！」

空は勢いよく立ち上がり、ピヨモンをギュッと抱きしめた。

「私、普通の女の子になりたい！〝選ばれし子ども〟でも、華道の家元の娘でもなくて、武之内空として生きたいよ！」

それは、ずっと心の奥底にしまい込んでいた本当の気持ちだった。

ピヨモンは小さな羽で空を優しく包みながら、穏やかな声で応える。

「ねえ、きっと空があんなにも広いのは、自由に飛ぶためなんだよ。もしね……もしもひとりで飛ぶのが不安だったら、そのときは、私が一緒に飛んであげる」

私は、空のパートナーなんだから。

その一言で、空は表情を柔らかくする。もう迷いはなかった。

あの日、空は決めた。

もう戦いには参加しない。

私は私の道を行く、と。

それが、武之内空の生き方だ。

アグモンが、降り続ける雨を眺めている。

引き出しを開け、太一はゴーグルとオリジナルのデジヴァイスを見下ろす。こっちのリングも、やはり半分まで欠けてしまっていた。

スマホを手にし、ヤマトの忠告に従って電源を落とした。画面が消えたのを見届けてから床に置き、ゴーグルに手を伸ばす。

太一はゴーグルを首にかけ、オリジナルのデジヴァイスを手に取った。リングの光が、太一の顔を照らし出す。

自らの覚悟を問うように、太一はデジヴァイスをじっと見つめていた。

第三章
ネバーランド

ホテル内にあるプールに、メノアはいた。泳ぐわけではなく、浮かび、漂っている。

雨の打ちつけるガラス張りの天井を見上げながら、昔のことを思い出す。故郷のコロラドの夕焼けと、庭の木にぶら下がっていたお手製のブランコ、そして、いつも一緒だったパートナーの姿。

誰かが近づいてくる音がして、メノアは過去を振り返るのをやめた。浮かびながら視線を横に向けると、プールサイドに太一とアグモンが立っていた。

プールサイドに置かれた椅子に腰を下ろし、メノアはペットボトルのミネラルウォーターを一口飲む。

「それで、何か用？」

「光子郎から、ここに泊まってるって聞いたんだ」

「アイシー」

「お前もいるんだろ。パートナーデジモンが」

単刀直入に、太一が訊ねる。

隠す素振りも見せず、メノアは「ええ」と首肯（しゅこう）した。それから、軽くうつむくようにして語り始める。

「モルフォモンっていってね。九歳で出会って、それからずっと一緒だった。学校にも連れていったし、旅行のときも離れなかった。ほんと、どこへ行くにも何をするにも、いつも一緒だった」

メノアは懐かしむように口元をほころばせ、「いい思い出よ」と付け加える。

「いまは？」

口元に笑み（え）を浮かべたまま、メノアは天を仰（あお）ぐ。

「八年前にパートナー関係は解消された。十四歳のときよ。私も、あなたたちのように何も知らなかったから、別れのときは混乱した」

目を閉じたまま話す彼女は、すでに何かを乗り越えたようでもあるし、あえて素っ気なく振る舞っているようにも見えた。

「そうだったのか……」

太一の顔に、同情の色が浮かぶ。アグモンも、悲しげに目尻を下げた。

「私のように悲しい別れを、他の人たちにはしてほしくない。大人になったら一緒にいられないなんて、理不尽だと思わない？」

メノアの声が、次第に憂（うれ）いを帯びる。やはり、まだパートナーとの別れの寂しさを完全には消化しきれていないのかもしれない。

自分でも声のトーンが落ちていることに気づいたのか、メノアが先ほどよりも声を明るくして、続ける。

「だから私は、デジモンの研究を続けてきたの」

「それじゃあ、パートナーと別れずに済む方法を、知ってたりしないのかよ?」

すがるような想いで、太一は訊ねる。

アグモンが、表情を変えずに太一のことを見ている。

メノアはゆっくりとかぶりを振った。

「ソーリー。知っていれば、すぐに教えていた」

太一は短く息を吸う。答えは予想していたが、それでもショックだった。

「……何でお前は、俺たちに近づいてきたんだ」

「あなたたちが、最強チームだから」

それと、とメノアはゆっくりと顔を上げ、太一と視線を合わせる。

「このつらい現実を、あなたたちなら変えられるかもしれない。そう思ったからよ」

窓ガラスを伝う雨粒の影が重なり、彼女の目から涙がこぼれ落ちたように見えた。

薄暗い路地の奥にある雑居ビルから、井村（いむら）が出てきた。警戒するように周囲をうかがう彼の姿を、ヤマトは物陰（ものかげ）から監視している。

「行くぞ」

井村が立ち去るのを見届けてから、ヤマトはガブモンと共に、彼が出てきた雑居ビルへと近づく。

ビルの入り口は狭く、入ってすぐに階段があった。上った先にはドアがひとつしかなく、おかげで迷うことはない。さっきまで、このドアの奥に井村がいた。

ヤマトは慎重にドアを開く。

「ヤマト、あれ！」

先に部屋に入ったガブモンが、驚きの声を上げる。

「これは……」

ヤマトは啞然（あぜん）として、正面のボードを見つめる。

壁面のボードに、大量の写真や資料、それに地図などが貼られている。

マーキングがされた世界地図には、見覚えがある。光子郎のオフィスで見せられた、〝選ばれし子どもたち〟が意識を奪われた場所を記したものだ。研究室で撮影されたと思しきメノアの写真やエオスモンの画像データが並んでいるが、ヤマトの背筋を凍らせたのは、それらとは別の写真だ。自分も含めた、太一たち仲間の写真がズラリと貼られている。明らかに、隠し撮りされたものだ。

仮にリサーチのためだとしても、ここまでする必要はないはずだ。間違いなく、井村は何か別の目的を持って動いている。

「ヤ、ヤマト！　皆に知らせよう！」

ガブモンが焦燥の滲んだ声で言う。

と、そこで、ポケットの中のプリペイド携帯が音を立てた。

「もしもし？」

『もしもーし。ヤマト先輩ですか？』

「大輔。この電話、安全だろうな？」

ヤマトが即座に確認する。

『大丈夫っすよ。言われた通り、ちゃんと公衆電話からかけてますから』

「ならいい。それで、成果はあったのか？」

『にしし、バッチリっすよ。どっちからいきます？』

大輔が得意げに言う。

「助手から頼む」

『結論から言うと、真っ黒です。そもそも井村なんて人、いるんですかね？』

もったいぶるように、大輔が言う。

「何だって！」

電話の向こうで、ガサガサと物音がする。どうやら、大輔は受話器を取り上げられたようだ。

『京です。メノアさんのパソコンには、研究や論文なんかのファイルがぎっしりだったんですけど、助手さんのパソコンの中身が、異常なまでにスカスカで。でも、エオスモンに関するデータだけは集積していた形跡があったんです』

「何？」とヤマトは表情を険しくする。

『怪しいと思ったので、個人情報を調べてみたんですが、井村京太郎って人の経歴は出てこなかったんです。おそらく偽名です』

賢が補足する。

「つまり、そんな人間はこの世にはいない」

『間違いありません』と伊織。

ヤマトはボードに貼られていた白衣を身にまとったメノアの写真を眺め、自問するように呟く。

「ならメノアは……むしろ利用されている？」

『そこまでは……。でもメノアさん、本当に優秀みたいで。そんな人が利用なんてされるんですかね？』

『綺麗な人だって、評判だったみたいだ』

京が言い終えた後に、ブイモンの声がした。さらに、アルマジモンの声も聞こえる。

『綺麗と言えば、部屋にかかっていたオウロラの絵も綺麗だっただぎゃ』

「オウロラ？」

ヤマトが眉をひそめ、その疑問に、ホークモンが答える。

『ローマ神話の暁の女神のことですよ。アルマジモンが妙に気に入ってしまって。あ、色々と教えたのは私ですよ』

「暁の女神……オウロラ」

ヤマトは再びボードを観察する。世界中で観測されたオーロラに関する記事の切り抜きが、いくつも目に入った。

『あ、気にしないでください。部屋に飾ってあっただけですから』と京。

「……そうか。他に、何か言っておくべきことは？」

『あります！　日本に戻ったらお好み焼き奢ってください！』

大輔のお願いに便乗するように、『食べ放題で！』とブイモンが付け加える。電話の向こうで、皆がニヤリと笑う気配が伝わってくる。

ヤマトも頬を緩め、「お安い御用だ。ありがとう」と礼を言ってから通話を終了した。

「行くぞ、ガブモン」

「お、おう」

プリペイド携帯をポケットにしまい、二人はビルを後にする。


自分のオフィスにあるパソコンのモニターを、光子郎が注視する。どれだけの時間そこで作業を続けていたのか、机の上には空のペットボトルや栄養ドリンクが雑然と置かれている。

その傍らで、テントモンは主夫のごとくゴミの分別に勤しんでいる。

モニターには、エオスモンの破片の解析データが表示されていた。この前の戦いで、オメガモンが破壊した左腕を回収したものだ。

解析結果に目を通し、光子郎は表情を厳しくする。

「まさか。エオスモンの解析データ、本当にこんなことが……。とすると、この一連の事件は……」

「光子郎はん。空のペットボトルおくんなはれ」

テントモンが光子郎に促すと、パソコンの画面にメール通知が表れた。差出人は『八神ヒカリ』となっている。

「ヒカリさん？　どうしたんだろう？」

光子郎はマウスに手を伸ばし、メールを開く。

そこには、『コンドハドッチ？』という文字と、ＵＲＬだけが記載されていた。

「今度はどっち？」と光子郎は思わず読み上げる。

不吉な予感を覚えつつ、貼られているＵＲＬをクリックした。

「なっ！」

画面を確認し、光子郎は目を見開いて愕然とする。

テントモンが、不思議そうに振り向く。

「どないしはったんで？」

「大変だ……」

クリックして開かれたのは、動画サイトだった。中央で縦に二分割された画面には、ライブ中継を示す文字と、別々の場所で椅子に縛られた二人の男女が映っている。

画面の中でうなだれるヒカリとタケルは、ピクリとも動かない。

「光子郎！　どこへ向かえばいい？」

タクシーの後部座席で、太一はプリペイド携帯に向かって吼える。連絡を受けてから、心臓はずっと早鐘を打っていた。ヒカリの身に何かあったらと考えるだけで、水中深くにいるような息苦しさを覚える。

光子郎が答える。

「ヒカリ……」とアグモンも心配そうに呟く。

『広尾に！　ヒカリさんが、そこに捕らえられているはずです！』

「タケルは？」

『すでにヤマトさんが練馬に向かっています！　太一さん。丈さんと連絡が取れなくなっています。油断しないでください』

「丈も……」

悪い方へとばかり転がっている状況に、太一は歯がみする。

環状七号線を走る車の群れをすり抜けるようにして、ヤマトはバイクを加速させていく。ジャケット越しに体を打つ雨粒も、まるで意に介さない。頭の中にあるのは、弟の、タケルのことだけだ。

ハンドルを握る手に、力がこもる。一刻も早く、助けなければ。

「ヤマト！」

雨音と走行音にかき消されないように、後部座席のガブモンが懸命に叫ぶ。

ヤマトも声を張り上げるようにして返す。

「何だ？」

「オレたちは、何があっても一緒だから！」

それは、いまのガブモンが伝えられる精一杯の気持ちだった。

ヤマトはハッとして顔を上げ、グッと顎(あご)を引く。

「わかってるよ！」

ヤマトは力強く応(こた)え、バイクを走らせる。

目的の倉庫が見えてきた。光子郎の情報が正しければ、ここにタケルが捕らえられているはずだ。

倉庫の近くにバイクをつけ、停車する。シャッターの一部が、獲物を誘い込むように開いている。

ヤマトは開いているシャッターを見据(みす)え、ヘルメットを外す。

「行くぞ、ガブモン」

「うん！」

デスクの上で祈るように手を組んで、光子郎はＰＣ画面を見つめている。ヒカリとタケルの状況に、変化はない。

「皆さん、急いでください」

光子郎が独りごちると、不意にアラームが鳴り響いた。

驚き、右側のモニターを確認すると、デジタルワールドの地図上に赤いマーカーとゲージが表示され、巨大な質量を観測したことを告げている。

「なんだ……これ」

光子郎は自らの目を疑い、モニターに顔を近づける。だが、見間違いではなかった。

「エオスモン、発見したんとちゃいまっか？」

モニターを覗くようにして、テントモンが言う。

「発見しました。でも、これは……質量が大きすぎる」

困惑し、光子郎はモニターを凝視する。

「エオスモンを発見したの？」

突然、女性の声がして、光子郎とテントモンは入り口を見やる。

「メノアさん……」

ヤマトとガブモンが、倉庫のシャッターをくぐる。正面には二階へと通じる階段があり、そこに男が座っていた。

「遅かったな。石田ヤマト」

井村が低い声で言う。右手には拳銃が握られていた。

「あ、あいつ」とガブモン。

「お前、何でここにいるんだ」

井村は表情を変えず、ヤマトの視線を正面から受け止める。

「おそまつな尾行で、俺のことを色々嗅ぎ回っていたようだが……」

ヤマトは顔をしかめる。いつから気づかれていたのか。

井村が、冷然と宣告する。

「残念ながら、手遅れだ」

広尾の倉庫で、太一は愕然としてヒカリを抱き上げ、アグモンもショックを受けたように口を開けている。テイルモンの姿は、どこにも見当たらない。

呼びかけてみても、ヒカリが目を覚ます気配はない。

すでに意識は、奪われていた。

「何！」

二階を指すように、井村が銃口を上に向ける。

「ああ、そうだ。お前の弟、高石(たかいし)タケルはたったいま、エオスモンに意識を奪われた」

「手遅れだと？」

「ヤマト。やっぱりこいつが」

「ああ。この事件の犯人だ！」

ヤマトが、敵意に満ちた目で井村を睨(にら)む。

「いますぐタケルを返せ！　さもないと……」

ヤマトの意思を汲(く)み取り、ガブモンが口に青い炎を溜(た)めた。

井村は訝(いぶか)しげに眉をひそめる。

「待て、石田ヤマト。お前、何を言って……」

「とぼけるな！　お前がエオスモンを操り、〝選ばれし子どもたち〟の意識を奪っていったんだろ！」

井村が、顔を伏せるようにして目を閉じる。そして、ふっと息をもらすように口元を緩めた。

「なるほどな」

井村が、上着の内ポケットに手を入れる。


メノアはデスクに手をつき、目を輝かせながらモニターを見る。

「さすがね、光子郎！　エオスモンが発見できれば、意識データもそこにあるはず。これでエオスモンを倒せば、意識を奪われたスリーハンドレッドの人たちも助かる！」

興奮した様子でまくしたてるメノアの横顔を見て、光子郎は一歩後ろに退く。そして、彼女に気づかれないように、プリペイド携帯を背中側へと回した。

「メノアさん」

光子郎の声に、モニターを見ていたメノアが体を起こす。

「ワット？」

「今日は、どうしてここに？」

「そうだった！　皆を救う方法がわかったの！」

メノアが嬉々として言う。

「それには、あなたの持っている〝選ばれし子どもたち〟のリストが必要なのよ。協力して、光子郎」

メノアが、光子郎に手を差し出す。

光子郎は差し出された手を見下ろし、そこから視線を彼女の顔へと戻した。

「メノアさん。以前、電脳空間で戦闘したとき、僕はエオスモンの破片を回収しました」

光子郎の言葉を受け、メノアが笑顔を引っ込めた。差し出した手をゆっくりと戻しながら、

「それで？」と先を促す。

顔に緊張の色を浮かべ、光子郎が続ける。

「その破片を解析した結果、組織構成に、明らかに人の手によって作られた数式がいくつも見受けられました。その数式を調べると、ある論文に辿り着きます」

光子郎は、そこで一旦言葉を切る。

メノアはうつむいており、彼女がいま、どんな表情を浮かべているかは判然としない。

「メノア・ベルッチ……。エオスモンは、あなたが創り出した人工デジモンですね」

沈黙が下り、メノアは静かに息を吐き出す。髪をかき上げて露わになった顔に、もはや友好的な気配は欠片もない。

「やっぱりあなた、ジーニアスボーイね」

煩わしそうに、メノアが光子郎を見据える。

井村の差し出した手帳を見て、ヤマトが驚きの声を上げる。

「ＦＢＩ？」

「の、エージェント。山田京太郎だ」

井村が落ち着いた声で告げる。

「それじゃあ」

「世にいう、正義の味方だ」

「ヤマト。こいつ、悪い奴じゃないのか？」

ガブモンが訊ねる。

「ああ……たぶんな」

ヤマトは手帳を注視する。身分証はどうやら本物のようだ。

「正直になれない、シャイな大人だ」

手帳を内ポケットに戻しながら、井村が生真面目な口調で言う。

「そのシャイな大人が、なぜここにいるんだ？」とヤマト。

「理由は、これだ」

井村が掲げたスマホの画面には、光子郎に送られてきたものと同じ、椅子に縛られているタケルの映像が映っていた。

それを目にし、ヤマトは井村を押しのけるようにして二階へと上がる。

階段を上った先では、気を失っているタケルが毛布をかけられ、床に寝かされていた。

「タケル……」

「来たときには、すでに意識がなかった」と井村。

ヤマトは、そっとタケルの頬に触れる。だが、弟が意識を取り戻すことはない。

「俺たちFBIは、数年前からメノアをマークしていたが、なかなか尻尾をつかめなくてな……。俺の手で、あいつを逮捕したかったんだが」

井村は拳を握り、無念そうに目を閉じる。

「今回も、結局一杯食わされた。あいつの本当の目的は……」

そこまで聞き、ヤマトは思い当たる。タケルとヒカリを捕らえたのは、自分と太一をおびき出すためではないか。そして、ここで自分が襲われていないということは。

ヤマトは目を見張り、息をのむ。

「光子郎……」

「つまり、皆はんの意識を奪っていったのも……」

確認するように、テントモンが言う。

「エオスモンを使った、彼女の犯行です」

光子郎が答える。

「メノアさん……。なぜこんな」

「あなたたちのためよ」

メノアが冷ややかな声で言う。

「僕たちの、ため？」

言葉の意味を咀嚼するように、光子郎が訊き返す。

メノアは蝶の髪留めに触れるだけで、答えようとしない。

「意識を奪っていったのは、そのためだって言うんですか？」

強い口調で、光子郎が訊ねる。

「メノアはん。そんなこと、誰も望んでまへんで」

テントモンが、諭すように言う。

「望んでるのよ」

メノアの冷たい呟きに光子郎は圧倒された。激しく光り出したモニターの中から、左腕の欠けたエオスモンが姿を現す。

「皆ね」

光子郎のオフィスのドアを、ヤマトは勢いよく開ける。

「光子郎！」

室内の光景を目にして、ヤマトは思わず立ち止まった。

床の上に、光子郎が倒れている。

「光子郎……」

「遅かったか」

ヤマトと共にオフィスまで駆けつけた井村が、パソコンの前へと移動する。

「くそ……っ」とヤマトが悔しそうに呟く。

「テントモンもいない」

室内を見回して、ガブモンが言う。

「ダメだな。リストを抜き取られた跡がある」

「メノアは、一体何をする気なんだ」

「わからん。……だがあいつは、〝選ばれし子どもたち〟を助けたいとよく言っていた」

「こんなことが、俺たちの救済になるっていうのか」

光子郎を見下ろしながら、ヤマトが吐き捨てる。

「どこへ行ったか、心当たりは？」

ヤマトの問いに、井村は「いや」と無念そうにかぶりを振った。

「ここまで来て、打つ手なしか……」

ヤマトが諦観（ていかん）を滲ませた声で言う。

「まだだ」

その声にヤマトが顔を上げ、振り向く。部屋の入口に、太一とアグモンが立っていた。

「まだってのは、どういう意味だ？」

太一の方に体を向けつつ、井村が訊ねる。

こいつだよ、と太一はプリペイド携帯をポケットから取り出す。

「光子郎から来たメールだ」

メールには、ズラリと数字が並んでいる。

「何なんだ、この数字は？」

「この羅列は……」とヤマト。

太一が、確信に満ちた声で言う。

「デジタルワールドの座標だ」

井村がパソコンでデジタルワールドの地図を出し、光子郎から送られてきた座標の場所を表示する。

「何もないね」

「何もないな」

アグモンの呟きに、井村が返す。

太一がモニターを注視する。

「光子郎が残した座標だ。メノアはきっとここにいる」

その隣で、ヤマトが腕組みをしながら憂鬱（ゆううつ）そうに顔を伏せる。そんなヤマトの様子に、ガブモンだけが気づいた。

「ヤマト？」

その声で、太一たちもヤマトの方を振り向く。

「……どうした？」

「太一、お前はいいのか？　このままメノアのところに行っても」

自らの腕をつかむヤマトの手に、ギュッと力が入る。

太一は、無言で次の言葉を待つ。

「メノアのところに行けば、戦うことになる」

「ヤマト……」

　ガブモンが、心配そうに見上げる。

「そうなったら、無理にでも進化させないといけない……。別れが早くやってくるってことなんだぞ！」

　身を乗り出すようにして、ヤマトが吼える。

　太一はそんなヤマトの顔を、静かに見つめ返す。

「……それでも、意識を失った皆を、放っておくわけにはいかないだろ」

　視線を落とし、太一は応える。

「お前は……いいのか……？」

　太一の言葉を受け、ヤマトがさらに問いかける。

　アグモンとガブモンは何も言わず、ただジッと太一を見上げ、井村が同情するように目を伏せた。

　窓ガラスを滑る水滴が、二つに分かれて流れていく。

「いいわけ……ないだろ」

　ハッとして、ヤマトが顔を上げる。

「でも、誰かがやらないと……！」

　悲痛な顔で、太一が叫ぶ。自分だって、割りきれたわけじゃない。ただ必死に、やるべきことをやろうとしているだけだ。

そんな太一の様子を見て、ヤマトは落ち着きを取り戻した。太一の葛藤や苦しみが、痛いほど伝わってくる。自分だけがつらいわけじゃない。太一だって、自分と同じ気持ちなのだ。それでも彼は、皆を救出するために、無理にでも前を向こうとしている。

ヤマトは溜め息を吐いて、ポケットからデジヴァイスを取り出した。リングが、半分まで欠けてしまっている。

「全く……これが運命ってことか」

自分自身に言い聞かせるように、ヤマトは呟いた。

井村がキーボードを叩く。

「デジタルゲート、開けるぞ」

覚悟を決めるように、太一とヤマトがデジヴァイスを握りしめる。

「無事戻ってこいよ、少年たち」

井村の言葉に、二人はしっかりとうなずいた。

ゲートを抜けた先にあったのは、ただ真っ暗な空間だった。隣に立つお互いの姿は見えるが、それ以外は何も見当たらない。光も音もない、全くの闇だ。

「何だ、ここは……」

「デジタルワールドなのか？」

呆然とする太一とヤマトの傍らには、アグモンとガブモンもいる。

暗闇の奥で、何かが淡い光を灯す。

「あれは……」とヤマトが訝しげに呟く。

「行ってみよう」

太一が促し、四人で光を目指して歩き出す。近づくにつれ、光を灯している物体の正体が明らかになる。

太一とヤマトは強い既視感を覚え、目を見開く。そこにあったのは、見覚えのある路面電車だった。だが、記憶の中のソレとは、明らかに異なる点がある。形状は同じだが、水晶のように透き通っているのだ。

驚きつつ、太一が電車の側面に触れる。

「何だ、これは？」

ヤマトも、素材を確かめるように手を伸ばした。

「クリスタル、か？」

路面電車の天井に上ったガブモンとアグモンが、顔を出すようにして二人を見下ろす。

「ヤマト、この電車って」とガブモン。

「ファイル島のやつだよね？」とアグモン。

「おそらくな」

ヤマトが腕を組んで考え込む。

「けど、素材が全然違うだろ」と太一。

「一体どうなっているんだ」

ふと、どこからか飛んできた蝶が、アグモンとガブモンの間を通り抜けていった。蝶は幻想的な青い光を放ちながら、奥へ奥へと舞うように飛んでいく。光が照り返し、周囲に水面があることを教えてくれている。

蝶がヒラヒラと飛び、次第に高度を下げていく。やがて水面に触れ、蝶は弾けるように散った。

と、そこに、メノアの姿が浮かび上がる。

メノアの存在に気づいた太一たちが、短く声を上げた。

「よくこの場所がわかったわね」

メノアが感情の乏しい声で言う。彼女の足元の水面が、スポットライトを浴びているかのように光っている。

「奪った皆の意識はどこだ？」

太一がメノアを睨み、ヤマトが腕組みを解く。

「返してもらうぞ」

二人の言葉を受け、メノアは「そうね……」と呟いた。視線を外し、わずかに考えるような間を置いてから、二人に冷たい視線を戻して続ける。

「それは皆に聞いてみるのが、いいんじゃない？」

メノアが言い終えると、彼女の背後から無数の青い蝶が飛び立っていく。

「何だ！」

驚く太一たちの頭上を通り過ぎ、空を覆いつくすほどの蝶たちが、どんどん上昇していく。

上空で、蝶たちが花火のように弾ける。直後、そこにクリスタル状の巨大な岩のような物体が出現した。いや、その上には建造物のようなものも見えるから、岩というよりも島なのかもしれない。クリスタルの島が、空に浮かび上がる。

太一たちの頭上のそこかしこで、蝶が弾け、島が現れるという光景が繰り広げられる。百は優に超える勢いで増え続ける浮き島の輝きで真っ暗だった空間がほのかに明るくなり、太一たちが立っているこの場所も、巨大なクリスタル島のひとつだということがわかる。

「何なんだ、ここは？」

信じられない光景に、ヤマトは圧倒される。

「太一、あれ！」

アグモンの指した方向に、太一は顔を向ける。

浮き島のひとつに、初めてデジタルワールドに来たころの姿をしたヒカリとテイルモンがいた。

二人は手を取り合い、幸せそうに笑っている。

「ヒカリ……？」

太一が啞然として呟く。

ヤマトも他の浮き島を見る。そこでは、やはり幼いころの姿をしたタケルとパタモンが、楽しそうにじゃれ合っている。

「タケル……」

他の島も、全て同じだ。子どもたちが、デジモンと仲睦（なかむつ）まじく過ごしている。

「ミミ……」

「丈……」

「光子郎……」

「望月（もちづき）……」

高校生のころに知り合った、望月芽心（めいこ）とメイクーモンの姿もあった。

浮き島にいる仲間たちの表情は、誰もが幸せそうに輝いている。

「皆、子どもに戻ってる！」

アグモンが驚き、ガブモンも声を上げる。

「デジモンたちもいるよ！」

意識を奪われた世界中の〝選ばれし子どもたち〟とパートナーデジモンが、このいくつもの浮き島に集められていた。

浮き島の中の景色は、どれも異なる。だが、仲間たちのいる島の風景は、見覚えのあるものがいくつかあった。子どものころに、一緒に冒険した場所だ。

その事実に気づき、太一は愕然とする。

「〝選ばれし子どもたち〟を……」

「記憶の中に……閉じ込めたのか」

同様に察し、ヤマトの顔が青ざめた。あの浮き島は、子どもたちの記憶から造られている。

芝居がかった調子で両手を広げ、メノアが高らかに言う。

「ウェルカム　トゥ　ザ　ネバーランド！　ここが、私たちの理想郷よ」

「こんなのが、理想郷だっていうのか！」

「皆を無理矢理連れ込んでおいて！」

太一とヤマトが憤然として叫んだ。

メノアは、二人の怒りを静かに受け止める。

「そうね。確かに、連れてきたのは私かもしれない……。バット、彼らは自ら望んでここに来たのよ」

その言葉で、太一とヤマトの顔に動揺が走った。

メノアは淡々と話を続ける。

「大人になんてなりたくない」

ハッとして、太一は空に浮かぶ記憶の島を見上げる。

「子どものままでいたい」

ヤマトが狼狽(ろうばい)した顔で、視線を子どもたちの方へと向ける。彼らは皆、子どもの姿でパートナーデジモンと楽しそうにしている。

「そう願う彼らの気持ちが、エオスモンを引き寄せたのよ」

太一とヤマトが、同時にメノアを見る。彼女の言葉を完全に否定できないでいる自分に気づき、胸の内側がざわつく。ここへ来た目的が、焦点を失ってしまったかのようにぼやけて、見えなくなっていく。

「もう、これしかないのよ。私たち、〝選ばれし子どもたち〟が幸せになる方法は」

諭すように、メノアが言う。

「デジヴァイスのカウントダウンリングは、誰にも止めることはできない。パートナーとの離別は宿命……。変えることはできない」

太一とヤマトが小さくたじろぐ。

一羽の蝶がメノアのそばで着水し弾ける。

「でも、皆が子どもに戻れば、パートナーと別れなくて済む。つらい想いをしなくて済むのよ」

いつの間にか、メノアの背後にエオスモンが立っている。しかし、太一とヤマトは動くことができない。もはや、彼らの意識は、メノアの言葉に支配されていた。

「太一、ヤマト。あなたたちのことは、私が助ける。だから来て。私たちの、ネバーランドに」

優しく語りかけ、メノアがゆっくりと手を差し出す。

それはまるで、救いの手のように見えた。

「太一！」

「ヤマト！」

名前を呼ばれ、二人はビクッと体を震わせる。視線を落とすと、アグモンとガブモンが二人に向かい合うように立っていた。

「ボクたち、準備はできてる」

「オレたちでやるんだろ」

「助けよう。皆を！」

アグモンが決然と言う。

パートナーの檄(げき)を受け、太一とヤマトは自分を取り戻した。力強くうなずき、デジヴァイスを構える。

「ああ！」

メノアが思わず汚い言葉を吐き捨てた。

「その通りだ！」

臨戦態勢に入った太一たちを見て、メノアが思わず汚い言葉を吐き捨てた。

アグモン進化！　グレイモン！

ガブモン進化！　ガルルモン！

二体が進化し、太一とヤマトのデジヴァイスから、光のリングが散るようにまた消えていく。

飛びかかるグレイモンとガルルモンをエオスモンが左右の腕で受け止め、取っ組み合うような形になる。

「どうしてパートナーとの時間を削ってまで、戦おうとするの？」

落ち着いた声で、メノアが訊ねる。

「誰かがお前を止めなきゃいけないからだ！」

ヤマトが答える。

「そんでもって、皆を助け出す！　グレイモン！」

太一の声に反応し、力比べをするように手を合わせていたグレイモンが大きく口を開け、メガフレイムを吐き出した。

火球がエオスモンの羽に当たり、破壊する。体が傾き、エオスモンの手が離れたところに、ガルルモンがすかさず襲いかかった。押し倒し、水しぶきが上がる。

押さえ込もうとするガルルモンを、エオスモンが触角を伸ばして吹き飛ばした。が、すぐさまグレイモンが駆けつけ、再度押さえ込む。

「数はこっちが上だ！」

ガッツポーズを作るように、太一がデジヴァイスを握る手を振り上げる。

「経験もな。ガルルモン！」

ヤマトが叫ぶと、ガルルモンは高く跳び、空中からフォックスファイアーを吐く。

攻撃が命中する直前、エオスモンを押さえ込んでいたグレイモンが横っ飛びで離れた。青い炎が、エオスモンに容赦なく降り注ぐ。

たまらず上空へ離脱しようとするエオスモンを阻止するように、グレイモンが尻尾を振って叩き落とした。

エオスモンが横倒しになりながら水面に激突し、水しぶきが高く上がる。

すかさず、水面に横たわるエオスモンの首元に、ガルルモンが牙を立てた。食らいつき、深く噛み込む。両の瞳には、獲物を捕らえた肉食獣のごとく、絶対に相手を離さないという強い意志が宿っていた。

やがて、エオスモンの目から光が失われ、腕がだらりと下がった。

「よし！」とヤマトが拳を握る。

「終わりだ、メノア。皆を返してもらうぞ」

太一がハッキリと告げる。

だが、エオスモンを倒されても、メノアに動じる様子はない。

「さすがね。……と言いたいところだけど」

メノアはゆっくりと手をかざし、パチン、と指を鳴らした。

その瞬間、メノアを中心として水面に光の円が広がった。それも、ひとつではない。光同士が呼応するように、水面に光の円がどんどん浮かび上がっていく。

予期せぬ事態に、ガルルモンが目を見開く。

「水面が！」

「何だ、この光は？」とグレイモンも警戒心を強める。

光は広がり続け、遂には水面全体が光を放ち始めた。

「これは……」

「一体何をした？」

ヤマトの問いかけには答えず、メノアは呟くように名前を呼ぶ。

「エオスモン」

水面から、角張った青色の物体が姿を現した。ゆっくりとせり上がり、それが翼であることがわかる。

太一とヤマトは、信じられない思いで、徐々に浮かび上がってくる翼を凝視していた。その翼が誰のものであるか予測がつきながら、頭が理解することを拒んでいる。

やがて頭部が露わになり、太一とヤマトはギョッとして息をのんだ。

「なっ！」

一体だけではない。メノアの呼びかけに応えるように、エオスモンの大群が水面から次々と出現する。

「こんなことって……」

「何て数だ……」

尋常ではない光景に、ガルルモンとグレイモンが目を見開く。

「そんな……」

「……馬鹿な」

途方もない数のエオスモンの群れを見上げ、太一とヤマトが愕然として呟く。

「これが、私のデジモン。私が、皆を助けるために創り出した、女神よ」

背後に無数のエオスモンを従えたメノアが、絶望する太一とヤマトを見据える。その瞳は、何かにとり憑かれているかのように冷たい。

「こんなもの、デジモンなんかじゃない！」

強い口調で、ヤマトが否定する。

「お前だって、本当のパートナーがいたんだろ？」

太一の言葉に、メノアはそっと髪飾りに手を触れる。

「そうよ。一番大切な友達が……。だから私は、ずっと取り戻そうとしていた。何年も、何年も、時間を惜しまずにずっと。でも、デジタルデータに命の火を灯すことは、どうしてもできなかった」

話しながら、メノアは研究をしていた日々のことを思い出す。どれだけ研究を重ねても、成果を得ることはできなかった。モニターにエラーの文字が表示されるたび、心がすり減っていった。それでもあきらめずに研究を続け、また失敗する。それを何度も繰り返した。

何度も、何度も。何年も、何年も。エラーの文字を、目に焼きつくくらい見続けた。

「けれどあの日……あのオーロラが現れた日。ただのデジタルデータは、命の火を灯したの」

メノアの脳裏に、当時のオーロラの様子が鮮明に映し出される。それは筆舌に尽くしがたい荘厳なオーロラで、蝶の形に見えたのだった。

「しかも誕生したエオスモンには、特殊な能力が備わっていた」

「それが、人の意識をデータ化する能力ってわけか」

ヤマトが察しよく言う。

「イグザクトリー。それがわかったとき、私は直感した。この力を使って、〝選ばれし子どもたち〟を助けろ、って。……モルフォモンがそう言ってるって」

メノアが、蝶の髪飾りをギュッと握る。

「だから、助けなきゃならないの。世界中の〝選ばれし子どもたち〟を」

「世界中、って」

「まさか……」

恐ろしい未来を想像し、太一とヤマトは言葉を失った。

メノアが、ポケットからスマホを取り出す。

「ここに、世界中にいる〝選ばれし子どもたち〟のリストがある」

「やめろ。……メノア」

ほとんど懇願するように、太一が言う。

「皆をこのネバーランドに連れてくるの」

メノアが抑揚のない声で語り、ヤマトが小さく首を左右に振る。

「そんなの間違っている」

「ここでずっと一緒にいるのよ。一番の友達と、一番の思い出の中で」

太一とヤマトが身を乗り出し「やめろ！」と叫ぶ。

グレイモンが、メノアに向かって突進していく。しかし、それを妨げるように、電撃がグレイモンの頬を打った。

「うわっ！」

「何だ」と太一は電撃が飛んできた方を振り向く。

グレイモンが顔を上げ、攻撃してきた敵を睨む。が、視線の先に思いもよらない相手がいて、驚きの表情を浮かべる。

「テントモン、何をするんだ！」

空中に浮かぶテントモンから、グレイモンの問いかけに応えようとする気配は感じられない。

「グレイモン！　うっ！」

顔を叩かれたような衝撃を感じ、ガルルモンが上空を見上げる。そこには、エアショットを放ったパタモンが飛んでいた。

「パタモン！　どうして……」

気配に気づき、ガルルモンが視線を下げる。水面の上に立つようにして、三体のデジモンが並んでいる。

「テイルモン、ゴマモン、パルモン……」

デジモンたちの目からは、一様に感情が読み取れない。

「どうしたっていうんだ」と太一。

「まさか、操られているのか？」

「違う」

ヤマトの推測を、メノアが静かに否定する。その声で、太一とヤマトはメノアへと視線を向ける。

「これは、皆の意志」

メノアの後ろに、あのころの姿をした光子郎とミミ、丈、ヒカリ、タケルがやって来て、横並びになる。

「これは皆の望み。これは皆の願い」

いつの間にか、メノアの背後に三百人の〝選ばれし子どもたち〟とデジモンが並んでいる。

「ここが皆の居場所」

子どもたちは一様に感情の読み取れない赤く光る目で前を向いている。

「ここを壊そうとするあなたたちは……敵よ」

メノアの宣告に、太一とヤマトは表情を歪ませる。

「これが、私が正しいという証明」

子どもたちを後ろに従えて、メノアが言う。

子どもたちは皆、太一とヤマトのことをただじっと見つめている。感情を宿さない視線は、太一たちを責めているようにも感じられた。

「そんな。こんなことって」

ガルルモンがショックを受けたように言う。

太一とヤマトは何百の目にとらえられ、動くことができない。

「これが私の救済」

メノアが宣言し、スマホの画面をタップした。画面から勢いよく光が上空へ伸びていき、瞬間的に弾ける。そして、四方八方に数多のデジタルゲートが開かれた。

空中で待機していたエオスモンたちが一斉に上方を見上げ、デジタルゲートへ向かって飛び立つ。通過が確認されると、ゲートはすぐに閉じられた。

「これで、世界中の〝選ばれし子どもたち〟を助けることができる」

そう語るメノアの周りには、まだ何体ものエオスモンが残っている。

太一とヤマトの顔が、絶望に染まっていく。勝ち目はない。彼らと戦うことになるのか？　戦うことが、本当に正しいことなのだろうか？

「さあ、あなたたちはどうするの？」

メノアの問いかけに二人が答えられないでいる中で、グレイモンだけが冷静だった。ひとまずこの場から撤退すべきと判断し、奇襲をかけるように、水面にメガフレイムを吐き出す。

火球が衝突し、水が高く吹き上がった。

水しぶきを避けるように、メノアが体を捻り、腕を上げる。視線を戻すと、もうそこに太一たちの姿はなかった。

第四章

イギリスのマンションの一室。

〝選ばれし子ども〟のひとりである少年が、夜間にパソコンを操作していた。傍らでは、デスクに寄りかかるようにして、エレキモンが寝息を立てている。

突然、ＰＣ画面にデジタルゲートが出現する。

画面から光が飛び出し、少年が「うわっ」と声を上げながら、椅子から転がり落ちる。エレキモンも驚き、目を覚ました。

振り向くと、室内にエオスモンが出現している。

パラオの海岸、中国の雲南省、フランスのパリ、日本の道頓堀。

世界各地にいる〝選ばれし子どもたち〟の元に、エオスモンが現れていた。


ニューヨークの通りを歩いていた少女の前にも、エオスモンが立ち塞がる。

腕の中に真っ白なユキミボタモンを抱えながら、少女は恐怖に身を引く。走って逃げきれる相手でないことは、一目瞭然だった。

エオスモンが、一見すると襟巻のようにも見える大きな口を開き、少女へと迫る。

　しかし、エオスモンの口が少女へと到達することはなかった。突如として現れたエクスブイモンから強烈なパンチを見舞われ、エオスモンはそのまま建物の外壁に叩きつけられる。壁面が砕け、土煙が舞った。

　耐久力はそれほどでもないらしく、エクスブイモンの渾身の一撃をもろに受けたエオスモンは触角と目の光を消し、動かなくなった。

「いいぞ、エクスブイモン！」

　大輔が駆けてきて、少女の肩に手を当てる。

「大丈夫か？」

「うん」

　きょとんとしつつも、少女が返事をする。

「早く逃げ――」

　大輔の言葉を遮るように通りの向こうから轟音が響き、大輔と少女は肩をすぼめた。

「何だ？」

　大輔が振り返ると、十字路の曲がった先から、二台の車が吹っ飛んできた。そこから、ノートパソコンを手にした京とホークモンが、エオスモンに追われながら大輔たちの元へとあわてて走ってくる。

「だから、ネットには繋げない方がいいと言ったでしょう！」

「しょうがないでしょ！　世界中で〝選ばれし子どもたち〟が狙われてるのよ。情報を手に入れないと！」

逃げながら文句を言うホークモンに、京が反論する。

喧嘩している二人から、大輔は目の前に迫る脅威へと視線を移す。

「やっぱり、こいつらがエオスモンなんだよな？」

エオスモンが口を開け、じりじりと近づいてくる。

「来るぞ、大輔！」

エクスブイモンが警告する。

その直後、十字路の向こうから賢の声が響く。

「スティングモン！」

「スパイキングフィニッシュ！」

スティングモンが腕から伸びる鋭い爪で急襲し、続けざまに両脚で蹴ってエオスモンを横倒しにする。

さらに、アンキロモンがメガトンプレスで押し潰すと、道路にめり込んだエオスモンは活動を停止させた。

「ヤマト先輩たちに、何かあったということでしょうか？」

言いながら、伊織と賢が走ってくる。

「京さん、大丈夫？」

「うん。問題ないよ」

心配する賢に、京は手を振って無事を知らせる。

「うわっ！」と通りの向こうで、少年が悲鳴を上げた。

見ると、少年のスマホから飛び出した光が、エオスモンへと姿を変えていた。

「この場は僕たちで何とかするしかない」と賢が、仲間を鼓舞するように言う。

「ああ。行くぞ、皆！」

大輔の声に、仲間たちが「おう！」と応える。

ネバーランドの中央にある大きな島。そこに隣接するように浮かぶ、巨大な翼を思わせる形をしたクリスタルの上に、太一たちは隠れていた。

アグモンとガブモンが、島の中央を見下ろす。

「ここなら大丈夫そうだな」とガブモン。

「うん」

「くそっ……」

太一の声に、アグモンとガブモンが振り返る。

太一はがっくりとうなだれて座り込み、ヤマトも壁に手をつき悄然としている。

「どうすりゃいいんだよ……。覚悟が足りなかったっていうのか」

弱々しく、太一が呟く。

デジヴァイスのリングは、もう随分と減ってしまっていた。

それを見て、太一は歯がみする。無力感に苛まれ、地面を殴る。

「くそっ！」

うなだれる太一を見て、「お前だけじゃない……」とヤマトもつらそうに顔を伏せる。

二人は進むべき道を見失っていた。

「戦おう」

アグモンとガブモンが声を揃えて言い、太一とヤマトはハッとして顔を上げる。

「ねえ、太一。行こうよ」

「戦って、皆を助けよう」

パートナーの叱咤に、太一とヤマトは表情を曇らせる。

「けど、お前たち……」

「それがどういうことか、わかっているのか？」

太一もヤマトも、アグモンとガブモンの覚悟についていけないでいる。

「そんなの、わかってるよ」

アグモンが、真っ直ぐに太一たちを見つめる。

「でも、そうしないと皆を助けられないんだ」

ガブモンが決然と言う。

ふと、太一とヤマトは、無言でパートナーと向き合う。

「だって、大人になっていく太一たちを見てると、すっごく嬉しいんだ」

アグモンが表情を柔らかくした。

「変わっていく皆を見てると、すごくワクワクするよな」

ガブモンがニッコリと笑う。

「お前たち……」と太一。

「それに、太一たちとはずっと一緒な気がするんだ」

そう言って、アグモンは朗(ほが)らかに笑う。

太一とヤマトの顔から、かげりが消える。素直な言葉と無邪気な笑顔がすっと胸の内で溶け、心を満たしていく。いつだって、彼らがいるから戦えた。彼らがいるから、あきらめなかった。

「だからさ、太一」

「行こうよ、ヤマト」

パートナーたちの想いをしっかりと受け止めるような間を置いて、ヤマトは「そうだな」と呟く。

「助けに行くぞ！　ガブモン！」

　太一が立ち上がり、首から提げていたゴーグルをあるべき位置へと持ってくる。どんな困難も乗り越えてきた、あのころと同じように。

「俺たちの絆を見せてやろう。やってやろうじゃないか！」

　アグモンとガブモンが口元に笑みを浮かべ、太一とヤマトもそれに応えてニッと笑う。パートナー同士が手を伸ばし、拳をぶつけ合った。

　中央にある島の周りを、エオスモンの群れが見張っている。
　その内の一体に抱えられるようにして、メノアは空から周囲を見渡していた。太一たちを捜索しているのだが、見当たらない。
　仕方なく、メノアは一旦島へと降りて、デジモンたちと仲良く遊んでいる子どもたちに優しく語りかける。
「さあ、皆。自分の居場所に戻りましょう。もうすぐ他の〝選ばれし子どもたち〟もやって来る。世界中から、たくさんね」

子どもたちは、親愛に満ちた目でメノアを見ている。彼らにはメノアのことが聖母、あるいは女神のように見えているのかもしれない。

メノアは腰を落とし、子どもたちと目の高さを合わせる。

「そうすれば、ここはもっと楽しくなる。ずっと笑顔でいられる場所になる」

話しながら、メノアの頭の中に、モルフォモンとの記憶が映し出されていく。

「ここで大切な友達と」

モルフォモンと二人で遊んだときのこと。

「別れることなく」

ソファで一緒に眠ったこと。

蝶の飾りをプレゼントしてあげたこと。

「ずっと一緒にいられる」

蝶の飾りだけを残して、消えてしまったこと。

「皆ここで、ずっと一緒にいましょう……」

メノアは微笑を浮かべ、語りかける。

背後から足音が聞こえ、メノアはゆっくりと振り返る。クリスタルでできた路面電車の前に、太一たちが立っていた。

「自分たちからやって来るなんて。気が変わったってこと?」

言いながら、メノアは立ち上がる。

「変わってないさ」と太一。

「俺たちは、皆を助ける」

メノアは鼻で笑い、すぐに表情を厳しくする。

「ナンセンス。ここが皆の、理想郷なのよ！」

子どもたちを守るようにメノアが手を広げると、空を飛んでいたエオスモンたちの群れが一斉に動きを止め、太一たちの方へと向き直った。

「行くぞ、アグモン！」

「うん！」

「行くぞ、ガブモン！」

「ああ！」

二人のデジヴァイスが光を放ち、アグモンとガブモンが光球となって、螺旋を描くように上昇していく。

上空でウォーグレイモンとメタルガルルモンの頭部が現れ、噴き出た光の粒子が体を作っていく。

両手を広げ、弾けた光の中からオメガモンがその姿を現した。

デジヴァイスのリングが、急激に散っていく。残りはわずかとなるが、太一とヤマトの心は、もう迷わない。

「行っけえええええええええ！」

二人が吼え、オメガモンが身をひるがえすようにしてエオスモンの群れへと向かっていく。身体を回転させた勢いを利用し、左腕のグレイソードで近くにいた一体を切り裂く。そのまま流れるようにガルルキャノンを構え、撃つ。光弾がエオスモンに命中し、大爆発を起こした。

空中を高速で移動しながら、オメガモンはエオスモンの群れに光弾を発射し続ける。光弾は確実に相手をとらえ、敵の数がものすごい勢いで減っていく。

爆炎で明るくなる空を背にしながら、メノアは呆然と言う。

「どうして、邪魔をするの？」

「ここが偽りの理想郷だからだ」

太一が真っ直ぐに答える。

オメガモンがエオスモンをグレイソードで貫き、そのまま記憶島に突き立てる。衝撃に耐えかねたクリスタルの島が粉々に砕け散り、キラキラと輝く破片が宙に広がるように舞った。

寂しそうに、メノアが呟く。

「どうして、壊そうとするの？」

「ここにいる限り、人はどこにも進めない」

ヤマトが迷いなく答える。

オメガモンが回転しながら舞い上がり、敵を見下ろすようにガルルキャノンを構える。

地響きを伴う砲声と共に、光弾が発射された。間を置かず、さらに撃つ。目がくらむほどの光を放ちながら発射されたビームが、エオスモンごと記憶島を破壊した。

メノアの顔が、悲痛に歪んでいく。

「私はただ、皆を救いたいだけなのに……」

オメガモンがグレイソードを大きく振りかぶり、そのまま勢いよく体をねじるようにして左腕を振り下ろす。すると、まるで斬撃が飛んだかのように、グレイソードを振った先にいたエオスモンたちと記憶島が真っ二つに切断された。

メノアは髪飾りを握りしめ、声を震わせる。

「ここにいれば、体の一部が削がれたような喪失感を、感じなくて済むのに……」

ガルルキャノンの光弾で、何体ものエオスモンが撃破され、記憶島が次々に破壊されていく。

耐えきれず、メノアは叫ぶ。

「どうして！」

オメガモンが、最後の一体となったエオスモンに向かって急降下する。腹部に剣を突き刺し、水面に衝突すると、巨大な水柱が高く上がった。

大きな波が立つ中、太一とヤマトはメノアを見据えている。

「……耐えられない」

波しぶきを浴びてもメノアは顔を上げず、蝶の髪飾りを取りながらポツリと呟いた。

手のひらからこぼれ落ちた髪飾りが、ゆっくりと水の中へ沈んでいく。

「大切なものが、なくなってしまうなんて……」

メノアはうつむきながら、両手で顔を覆った。

「そんなの……耐えられない」

指の隙間から見開かれたメノアの瞳が、赤く染まっていく。

途端、グレイソードに貫かれていたエオスモンの体が、粒子となって散っていった。

「何だ！」

オメガモンが驚きの声を上げる。

上空を漂っていたエオスモンたちの残骸も、粒子となって一つの方向へ流れていく。

「これは……」

頭上を流れていく粒子を見上げ、ヤマトが呟いた。

光の粒子は全て、太一たちのいる中央島へと集まってきていた。その粒子がメノアの元へ集い、一本の光の柱を形作る。

「この苦しみは、私にしかわからない」

光の中で、メノアが怒りに震えるように呟く。

「私が皆を助ける。……私が、皆の女神になるんだ！」

メノアが叫び、光の中へと消えていった。

光の柱が、中央島を二つに分割する壁のように広がる。

「うわっ」

太一とヤマトが、眩しさに顔を背ける。

水面が、光の中へと吸い込まれるように下がっていく。水はどんどん流れていき、光の壁の切れ間へと落ちていく。

水が引ききると、光の壁が左右へと開いた。

視線を戻し、太一とヤマトの顔から血の気が引く。

「まさか……」

絞り出すように、太一が言う。

そこにいたのは、新たな姿を得たエオスモンだった。

オメガモンの何倍もある巨大な金色の体に、オーロラのように輝く美しい翼。だらりと下げた細長い四肢に加え、さらに短い二本の腕を、胸部にあるクリスタルの前で交差させている。両脚の間から伸びる尻尾のような部分は、スズメバチの腹部を思わせる。金色に輝くその姿は、美しいと感じられるほどだ。

ヤマトは唖然としてエオスモンを見上げる。

「進化……いや、取り込まれたのか！」

胸部のクリスタルの中に、人影が見えた。

「メノア……」

クリスタルを見つめながら、太一が呟く。一体何が、彼女をあそこまで駆り立てるのか。

そんなふうに思いを巡らせていると、前触れなく、エオスモンが額にあるクリスタルから閃光を走らせた。光線が太一とヤマトの間を横切り、後方にあった路面電車が一瞬で融解した。

大きな爆発が起こり、二人が爆風に包まれる。

「太一！　ヤマト！」

思わず視線を逸らしたオメガモンに、エオスモンが再びノーモーションでビームを放つ。

攻撃が飛んできたことには気づけたが、避けることは叶わなかった。ビームがオメガモンに直撃し、再度爆発が起こった。

爆破の衝撃で倒れていた太一は、何とか体を起こし、額を手の甲で拭う。べっとりと、不快な感触がした。見てみると、そこには大量の真っ赤な血が付いていた。これまでの戦いでも、初めてのことだった。

こらえるように奥歯を噛み、もう一度、手の甲で額の血を拭う。

「ヤマト！」

「……ああ」

呼びかけに応じながら、ヤマトは体を起こす。彼も、額から血を流している。

「大丈夫だ！　オメガモンは？」

煙の中から、オメガモンが現れた。ダメージを感じさせない動きで地面寸前を浮遊し、滑るようにエオスモンへと迫る。

マントをはためかせながら、フェイントをかけるようにジグザグに移動して間合いを詰めてくるオメガモンを、エオスモンがひらりとかわす。

しかし、オメガモンは体を反らすようにして減速し、鋭くターンした。飛翔して距離を詰め、間合いに入るや否や、グレイソードを突き立てる。

だが、グレイソードが標的に届くことはなかった。エオスモンとオメガモンとの間に突如として展開された板状のシールドが、その突きを防いだ。貫こうと力を込めるが、ビクともしない。

「くっ！」

グレイソードでは突破できないと判断したオメガモンは、即座にガルルキャノンを構えた。近距離で放たれた光弾が、閃光と爆炎を巻き起こす。

爆炎の中から、エオスモンが姿を見せる。その身体には、傷ひとつ付いていない。

三度額から発射されたビームが、オメガモンの右肩を貫いた。装甲を破壊し、中央島の地面をえぐる。地面が破裂するような爆発が起こり、島が揺れた。

「ぐあっ！」

攻撃を受けたオメガモンが上空へ飛び、それを追うようにエオスモンも飛翔する。

向かってくるエオスモンに対し、オメガモンはガルルキャノンで迎撃する。二発の光弾が真っ直ぐに飛んでいき、着弾した。しかし、手応えはない。案の定、攻撃は前面に展開されたシールドでまたしても阻まれてしまっていた。

エオスモンがシールドを解除し、ビームを撃つ。直後、放たれた光線は、糸が解けるように八つに分かれた。

オメガモンは半身になるようにして光線をかわし、空中を飛行して逃げようと試みる。

八本のビームが、執拗にオメガモンを追尾する。ビームは残っていた記憶島を破壊し、なおも迫ってくる。

逃げきれず、オメガモンは体を捻るようにしてグレイソードでビームを弾いた。が、対処できたのは二本だけだった。残りのビームがオメガモンをとらえ、炸裂した。ダメージを負ったオメガモンが、あおむけの体勢で落ちていく。

「オメガモン！」

太一とヤマトが叫ぶ。

「くっ」

落下するオメガモンは、身をひるがえすようにして、どうにか体勢を立て直した。

ニューヨークの通りで、大輔たちは奮闘を続けていた。

「そこだ！　エクスブイモン！」

「エクスレイザー！」

エクスブイモンの胸から放射されたエネルギー波が炸裂し、エオスモンを撃破した。

そこに、別個体のエオスモンが攻撃後の隙を狙って、上空からエクスブイモンに襲いかかる。

「ブラストレーザー！」

大きな翼で空を駆けながら、アクィラモンは口からリング状のビームを放つ。エクスブイモンを狙ったエオスモンが、勢いよく弾き飛ばされた。

「ナイス！　アクィラモン！」

京が上機嫌に手を大きく振る。

尻尾を振ったアンキロモンの重たい一撃が、また別のエオスモンの横顔を叩く。鈍い音が鳴り響き、対象は路上に沈んだ。

「それにしても、数が多すぎです」

通行人たちをかばうようにして立ち、伊織が言う。

「倒しても、倒しても出てくるだぎゃ」

「それでも、僕たちがあきらめるわけにはいかない！」

「賢ちゃんの言う通りだ」

賢の言葉に、スティングモンが同調する。

「当たり前だろ！」と大輔は笑ってみせる。

エオスモンは、世界各地に出現している。しかし、他の〝選ばれし子どもたち〟とて、みすみす捕らわれたりはしない。きっと、いまだって必死に抵抗しているはずだ。

大輔が、気合いを入れるように断言する。

「戦っているのは、俺たちだけじゃないからな！」

「ぐあっ！」
エオスモンの攻撃を受け、オメガモンが後方へと飛ばされた。そこに、幾本もの追撃のビームが襲いかかる。空中を漂う巨大なクリスタルに衝突したオメガモンの体を押し込むように、轟音を響かせながら何発ものビームが着弾し、煙を巻き上げた。
それでもオメガモンはひるまず、ガルルキャノンを構え、反撃をしようとチャージする。

不意に、エオスモンがスッと長い手を上げた。

突如として目の前に現れたシールドに、オメガモンはギョッとする。こちらの視線を遮るように出現した結晶のようなシールドは、オメガモンの右腕、ガルルキャノンの砲身と重なるように展開されていた。ガルルキャノンの先端部分が、部品を外すかのようにずれ落ちる。瞬時に発生したシールドによって、切断されたのだ。

「なっ！」

クリスタルを背にしたオメガモンが驚愕して目を見開く。

エオスモンが、長い腕をさらに素早く動かす。その動作に合わせてシールドがいくつも発生し、オメガモンもろともクリスタルに刻まれていった。これまで防御として活用されていたシールドが、今度は恐ろしい武器となってオメガモンに襲いかかる。

「ああっ……」

太一とヤマトは、呆然とその光景を見上げることしかできない。

処断を下すように、エオスモンが高く上げた腕を振り下ろす。そうすると、クリスタルを二つに割るように巨大なシールドが出現した。

やがて全てのシールドが消え、巨大なクリスタルが四方に砕け散った。大小様々な大きさに砕かれたクリスタルの破片が宙を漂う中に、右腕と左脚が切断され、ボロボロになったオメガモンが浮かんでいた。

「オメガモン！」

無惨な姿となったオメガモンを見て、太一とヤマトは悲痛な声を上げる。

「まだ……まだ……」

太一とヤマトの声を聞き、オメガモンは力を振り絞るようにして左腕のグレイソードを持ち上げる。

「うおおおおおおお！」

剣を天に掲げ、雄叫びを上げながらエオスモンへと突撃した。

突き立てた剣を、無情のシールドが阻んだ。それでもオメガモンは、声を引き絞りながら、必死にシールドごとエオスモンを貫こうとする。

その想いを嘲笑うように、エオスモンがそっと長い左腕を持ち上げた。新たに発生したシールドが、オメガモンの左腕を断つ。

たたみかけるようにエオスモンがシールドを解除し、額から閃光を走らせる。光線が、のけぞるような体勢となっていたオメガモンをとらえた。爆発が起こり、傷だらけとなったオメガモンが為すすべなく地上へと落ちていく。

激しい音を立てて地面と衝突すると、オメガモンの合体が解けた。土煙の中、アグモンとガブモンがぐったりと横たわる。

「アグモン！」

たまらず太一は駆け寄ろうとするが、誰かに左手を引かれた。振り向くと、いつの間にか赤い瞳をした子どものヒカリが、腕をがっしりとつかんでいる。

「ヒカリ?」

今度は右腕を引かれ、驚いて顔を向ける。光子郎が右腕を抱えるようにつかみ、感情のない目でこちらを見ている。

「光子郎?」

「離せ、タケル!」

ヤマトもまた、子どもの姿をしたタケルとミミ、丈に体を押さえられている。

「離してくれ、ヒカリ!　光子郎も!　アグモンたちを助けなきゃいけないんだ!」

「タケル、行かせてくれ!　絶対お前たちを助けるから!」

懸命に訴えるが、子どもたちは表情ひとつ動かさない。

「ヒカリだってわかってるだろ?　こんな思い出に逃げるような世界にいちゃいけないって!」

「俺たちは前に進まなきゃいけないんだ!　うぐっ!」

口を塞ぐようにパタモンに飛びかかられ、ヤマトは背中から倒れる。

「ヤマト!　がっ!」

テントモンに体当たりされ、太一が転倒する。

「ぐっ……」

体を起こし、太一は目の前の光景に息をのんだ。

大勢の子どもたちとデジモンが、体温の感じられない眼差(まなざ)しでこちらを見下ろしている。

「皆……」

震える声で、太一が呟く。

パートナーデジモンたちが、一斉に太一とヤマトに襲いかかる。

「うわっ！」

「うっ！」

デジモンたちはのしかかるように倒れ込み、二人の体に群がりながら押し潰していく。

その様子を、エオスモンは勝ち誇るように眺(なが)めている。

空中にゲートが開き、エオスモンたちが戻ってきた。

戻ってきたエオスモンが、空中を漂うクリスタルの破片に着地し、口から意識データ化した子どもとパートナーデジモンを吐き出す。

そうすることでクリスタルが発光し、煙突のある家や風車が建ち並ぶ、新たな記憶島を造り上げていった。

女王のようにたたずむ、巨大なエオスモンを中心に、次々に記憶島は増え続け、ネバーランドが再興される。

そのとき、群がるデジモンたちの中から、太一の腕がずいと伸びた。

エオスモンがそれに気づき、視線を向ける。

「進……むんだ」

無表情で立ちつくすヒカリたちの方へ、太一は懸命に手を伸ばす。確かにここは、夢のような世界だ。だが、夢だからこそ、いつかは目を覚まさなければならない。

「俺たちは……進んでいくんだ」

子どもたちの冷たい視線を、太一は動じることなく受け止める。夢ならもう、充分に見たはずだ。

デジモンたちを押しのけるように、精一杯の力で太一が体を起こす。

「未来に向かって！」

太一は身を乗り出してヒカリが首から提げていたホイッスルをつかみ、それを思いっきり吹き鳴らした。子どものころ、初めてアグモンと出会ったときのように。

ネバーランドに笛の音が響き、仲間たちの表情が動き始める。鼓膜を揺らすその音が、記憶の片隅に刻まれていた、幼いころに耳にした音色と一致する。

ボロボロになって倒れているアグモンとガブモンが、薄く目を開けた。

「太一……」

「ヤマト……」

森閑とした部屋の中で、空はひとり、何かを感じ取ったように顔を上げた。

降りやまない雨を眺め、窓にそっと手をつく。

「太一……」

ネバーランドに、笛の音の残響が木霊する。

「くはっ」

肺の中の空気を全て吐き出した太一は、苦しそうにホイッスルから口を離し、大きく息を吸い込む。

「お兄ちゃん」

太一がハッとして顔を上げると、現在の姿に戻ったヒカリと光子郎、ミミ、丈、タケルが立っていた。

「……ヒカリ、皆」

パタモンが「あれ?」と首を傾げ、ゴマモンが「何でこんなところに?」と不思議そうに呟く。

パートナーデジモンたちも、皆いつもの様子に戻っている。

ヤマトは仲間たちを見て、ふっと笑みをもらす。彼らは誰も、過去にすがりつくことをよしとしなかった。

「それでこそ俺たちだ」

光子郎が、太一に訊ねる。

「太一さん、エオスモンは？」

太一は立ち上がり、振り返る。視線の先では、巨大なエオスモンが無数のエオスモンを従えるように浮かんでいる。威圧的な光景だが、もう恐怖はない。皆がいる。仲間がいれば、どんな逆境だって跳ね返せると確信していた。

丈が拳を強く握る。

「行くよ、ゴマモン！　僕らで皆を守るんだ！」

「うん！　わかってるよ、丈！」

「パルモン！　私たちも行きましょう！」

ミミがパルモンと手を合わせる。

「ええ。久し振りに、チクチクさせてあげるわ！」

「行くよ、パタモン」

呼びかけに応えるように、パタモンがタケルの頭上に乗る。

「兄さんたちを助けるんだ！」

「タケル。ボク、頑張るよ！」

ヒカリとテイルモンが、エオスモンを見据える。

「行きましょう、テイルモン」

「油断するなよ、ヒカリ」

顎に手をやり、光子郎が興味深そうに呟く。

「あれがエオスモンの進化した姿……」

やれやれ、とテントモンが呆れながら注意する。

「光子郎はん。分析している場合やなさそうでっせ」

「そうですね。行きましょう、テントモン」


空は、石のように色彩の失われたデジヴァイスをギュッと握る。

いま、どこかで仲間たちが戦っている。離れていても、それがわかった。

皆、と呟き、胸元にデジヴァイスを持ってきて顔を上げる。

「信じてるから……！」


トゲモン、イッカクモン、エンジェモン、エンジェウーモン、カブテリモンが、巨大エオスモンに向かって突撃する。

エオスモンの額からビームが発射され、イッカクモンとトゲモンの間の地面を炸裂させた。

「うわっ！」

空中からエンジェモンとエンジェウーモン、カブテリモンの三体で攻めようとするが、周りのエオスモンたちが飛びかかり、それを食い止めるべく立ちはだかる。

「ハープーンバルカン！」

「チクチクバンバン！」

イッカクモンが頭部の角を射出し、トゲモンが回転しながら無数の針を飛ばす。

仲間たちが戦う様子を、太一とヤマトは少し離れた位置から眺めていた。手の中にあるデジヴァイスのリングの光は、残りわずか。覚悟はもう、決まっている。

「太一……」

「ヤマト……」

パートナーの声に、太一とヤマトは視線を下げる。

二人の傍らに、アグモンとガブモンが寄り添うように立っている。

「アグモン。俺は皆を助けたい」

デジヴァイスを握る太一の右手に、アグモンがそっと手を添える。それだけで、勇気が湧いてきた。

「わかってるよ、太一」

「ガブモン。これが最後になっても、一緒に戦ってくれ」

デジヴァイスを握るヤマトの左手に、ガブモンがそっと手を添える。互いの信頼が、ハッキリと伝わってくる。

「行こう、ヤマト」

それぞれが想いをひとつにし、声を揃えて叫ぶ。


「これが俺たちの、最後の進化だ！」


二人のデジヴァイスは黄金に色を変え、衝撃に耐えかねたようにひび割れる。デジヴァイスから光の柱が天へと向かって伸びていき、上空で消えると、大輪の光の花を咲かせた。

光が降り注ぎ、太一とアグモン、ヤマトとガブモンの体が浮かんでいく。

「あの光は……」

唖然として、ヒカリが呟く。

「綺麗(きれい)……」とミミ。

太一とヤマトが、それぞれのパートナーと手を取り合い、光の中をたゆたうように昇っていく。そこには、不安も、恐怖も、迷いもない。天上の光の中に、二組がゆっくりと吸い込まれ

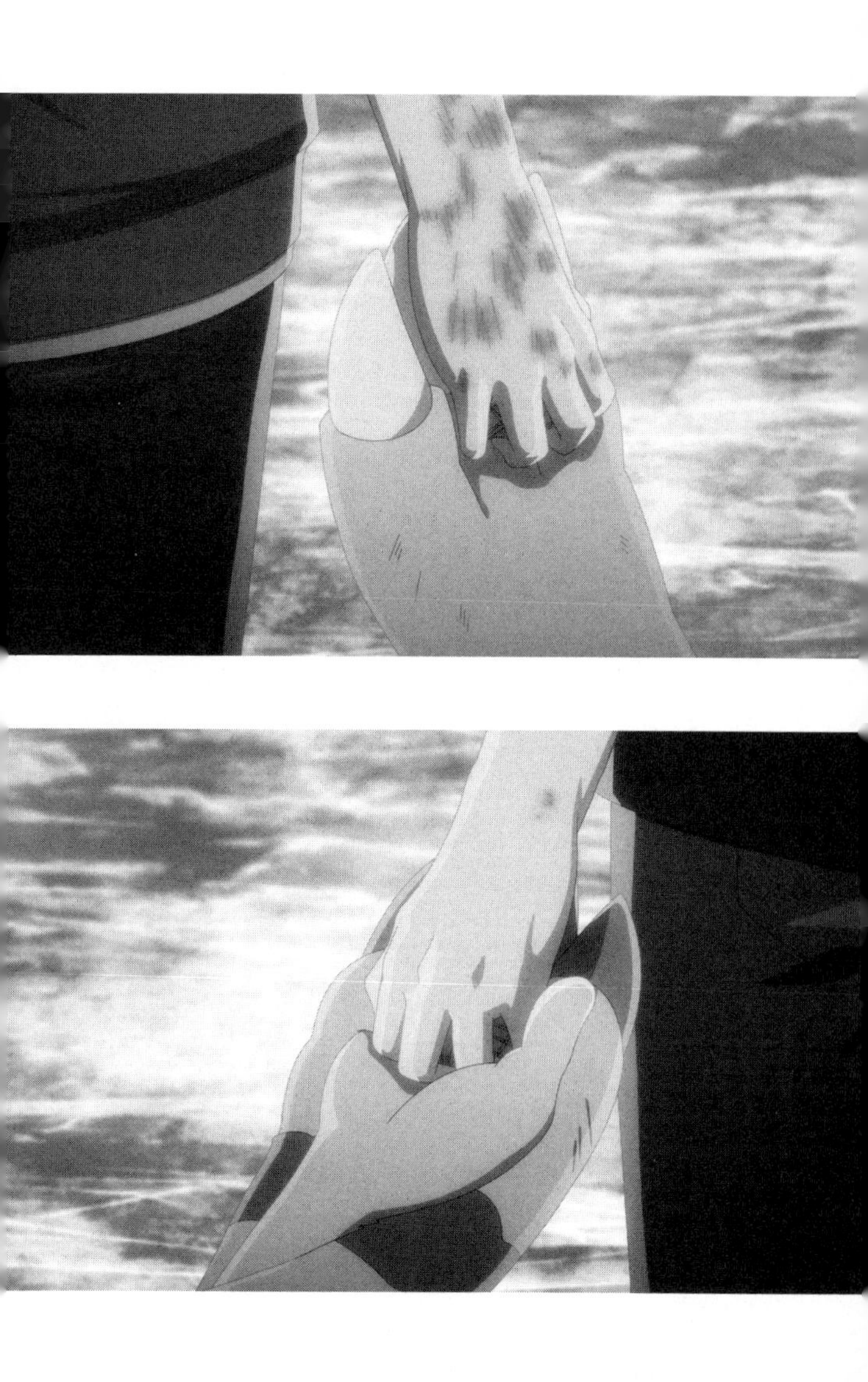

ていく。

眩(まばゆ)い輝きが次第に収まり、やがて、光の中から二つの人型の影が現れた。

一体は、グレイモンの面影を残す兜(かぶと)をかぶった、筋骨隆々としたデジモンだ。青白い縞柄(しまがら)の混じったオレンジ色の体表をしており、中心部に赤い結晶のようなものが飾られたベルトを腰に巻いている。手足から伸びる爪は鋭く、細長い尻尾の先は、刀身の赤い剣のようだ。

もう一体は、ガルルモンを想起させる兜と、濃紺色の機械的な肉体を持ったデジモンだ。兜の背面から長髪が伸びており、腰のあたりから太い尻尾が生えている。前腕部にはバルカン砲、背中には先端が円形となっている飛行機の翼のようなものが装着されている。

両者とも体長は五メートルほどで、その肩に、太一とヤマトを乗せている。

荘厳な輝きに圧倒され、光子郎が呟く。

「新たな、進化……」

丈も目を丸くする。

「こんなことって……」

「すごい……」とタケル。

新たな姿へと進化したアグモンとガブモンが、標的を見据えるように顔を上げた。

女王を守る兵士のように、エオスモンたちが、一斉に向かってくる。

ガブモンが背中にある翼の間から、棘(とげ)にも似た攻撃用の装備であるビットを四本分離し、射出した。

　ビットは高速で標的との距離を詰め、先端から光線を放ち、エオスモンたちを瞬く間に撃ち落としていく。

　どうにかビットの攻撃から逃れ、迫ってくる二体に対し、アグモンは両手を前に上げる。手の甲の赤い爪からすさまじい光量のレーザービームが放たれた。エオスモンたちは為すべもなくその光線に貫かれ、塵となって消えた。

　無数にいたはずの味方をあっという間になぎ倒され、メノアを取り込んだエオスモンが動き始める。

　その様子を見て、アグモンとガブモンが宙を蹴るようにして飛び出した。二体を狙って展開したシールドが、虚しく空を切る。

　目にも留まらぬ速さで急接近したアグモンとガブモンの拳が、エオスモンの顔面をとらえた。エオスモンの巨体がのけぞり、地響きを立てながら中央島へと倒れ込んだ。二体は上空で両腕を突き出すようにして攻撃態勢を取る。

　エオスモンを、レーザーとバルカン砲の集中砲火が襲う。容赦なく降り注ぐ圧倒的な攻撃に、エオスモンは体を起こすことすらできない。

　エオスモンが、倒れたまま額から八方へ広がるビームを撃つ。だが、半ば自棄になって放ったビームは、標的に当たることなく空へと飛んでいった。

アグモンとガブモンは、攻撃の手を緩めない。それに対してエオスモンは、今度は長い手足をバタつかせて抵抗する。その動作と連動し、空中にシールドが何枚も無造作に発生した。

「うっ！」

見境なく展開したシールドの一枚が、アグモンとガブモンの近くにも現れ、二体は思わず攻撃を止めて距離を取る。

しかし、攻撃がやんでも、パニックを起こしたかのようにエオスモンはジタバタと手足を動かし続けた。中央島のそこかしこで大小様々なシールドがいくつも発生し、島の一部が削り取られるように崩れ落ちた。暴走する攻撃が、自ら築こうとしたネバーランドを破壊していく。

「うわっ！」

「きゃ！」

ヒカリたちも、間一髪だった。

パートナーの肩の上で、太一とヤマトは衝撃に耐える。

「行くぞ、ヤマト！」

「ああ、太一！」

二人が視線を合わせると、アグモンとガブモンが拳を振り上げてエオスモンに突っ込んでいく。

エオスモンが巨大な手をクロスさせ、前面に何層ものシールドを展開する。

太一とアグモン、ヤマトとガブモンの全身全霊の一撃が放たれた。衝撃がシールド越しに伝わり、エオスモンを中央島に押し込むと、地面にヒビが走った。うなりを上げるようなすさまじい音を響かせながら、島全体が激しく振動する。

「うおおおおおおお！」

この一撃で決めるべく、太一たちがエオスモンを押し込んでいく。

圧力に耐えきれず、地面のヒビが大きくなる。そして遂に、中央島は崩壊した。

地鳴りのような音と共に巨大なクリスタルの塊が砕け、キラキラと光を反射させながら飛び散っていく光景は、思わず息をのみそうになるほどに壮観だった。

足場を失い、宙へと投げ出される形となったヒカリたちが、それぞれのパートナーに抱えられるようにして脱出する。

空中のそこかしこに、中央島の残骸であるクリスタルの破片が舞う。

すると、数多の破片のひとつに、幸せそうにデジモンを抱きしめるひとりの少女の姿が映った。

『あはは、モルフォモン。あたしたち、ずっと一緒だよ』

また別の破片には、少しだけ大きくなった少女の姿が映っている。

『モルフォモン……皆、あたしのことを避けるの』

『早く大人になりたい。そうすれば皆、私を変な目で見たりしないでしょ？』

『モルフォモン。私、決めた！　私、ニューヨークへ行く！』

クリスタルに映る幼いメノアを見て、太一とヤマトが口を開く。

「これは……」

「メノアの記憶……」

『私はこれから、自分の力で生きていくんだ』

砕け、流れていくクリスタルの破片に、今度はブランコに腰掛けているメノアが映った。

玄関に立つ、髪を下ろしたメノアは、少し大人びている。

『これからは、ひとりでも大丈夫』

「あの人の声が聞こえる」

アグモンが言う。聞こえているのは、記憶の声のことではない。いまの彼女の声だ。

「助けを求めている」とガブモン。

「ずっと、泣いていたんだ」

ネバーランドが崩れ、エオスモンが落下していく。


モルフォモン……。

モルフォモン……。

「モルフォモン！」

十四歳のメノアが、玄関のドアを勢いよく開ける。一番の親友に、早く嬉しい報告がしたくてたまらなかった。

「私やったよ！　飛び級で大学に行けるの！」

いつも一緒に遊んでいたブランコが下げられた庭の木の前で、モルフォモンは背を向けるように座っている。

「これからは自分の力で人生を切り開くの！　大好きな研究をして、世界の役に立つんだ！」

興奮気味に話すが、モルフォモンは背を向けたままだ。

「モルフォモン？」

メノアは不思議に思って立ち止まり、もう一度名前を呼んでみる。

振り向いたモルフォモンの腕や羽が、光の粒子となって消えようとしていた。

「あっ！」と声を上げ、メノアはモルフォモンに駆け寄る。

走り出した際に地面に転がったデジヴァイスから、リングの最後の一欠片(かけら)が散っていった。

メノアはモルフォモンに飛びつき、肩に手を置く。

「モルフォモン！　何で……。私、こんなの知らないよ……」

状況が理解できず、メノアはあわてふためく。混乱したまま、ひたすらに名前を呼ぶ。

「モルフォモン……モルフォモン……モルフォモン！」

モルフォモンはそっとメノアの手を取り、にっこりと笑った。

何かを告げるようにモルフォモンの口が動くが、自身の声でかき消されて、メノアの耳には届かない。

モルフォモンの体が、光となって消えていく。

「ああっ！」

抱きしめようと伸ばした手は、ただ空をなでるだけだった。地面の上に、メノアがプレゼントした髪飾りがポトリと落ちる。

「モルフォモン……」

メノアはうなだれ、震える手で顔を覆う。

私が。

私が、選んだから？

私が、大人になろうとしたから？

私は、どうすればよかったの？

もうわからない。

もう何も。

誰か。

誰か……。

誰か……っ。

助けて……。

耳をつんざくような轟音に、メノアはハッとして顔を上げた。

アグモンとガブモンが、最後のシールドを貫こうと、拳を突き立てている。シールドの破片が飛び、スパークが散った。

「メノア！　いま助ける！」

太一が呼びかけ、ヤマトが叫ぶ。

「お前が選んだことは、間違いなんかじゃない！」

「けど、その選択の先に何が待っていたとしても！」

「俺たちは選んだその先で、生きなきゃいけないんだ！」

必死に声を張り上げる二人に、メノアの瞳が揺れる。彼らもまた、選んだのだ。そうすることで、どうなるかも知りながら。

アグモンの肩から、太一が身を乗り出す。

「確かに宿命は変えられないかもしれない。でも！」

「運命は、変えられる！」

その言葉に、メノアの目が大きく見開かれる。

亀裂が走り、最後のシールドが砕け散った。

　太一とヤマトが、デジヴァイスを掲げて飛び出す。

「だから俺たちは、あきらめない！」

　エオスモンの胸のクリスタルに、デジヴァイスが触れる。その瞬間、暗闇を吹き飛ばすほどのすさまじい光が、デジヴァイスから放たれた。

「うおおおおおおおおおおお！」


　メノアの視界が光で覆われる。

　白に包まれた世界の中に、蝶の髪飾りが浮かぶ。

　メノアがそれを見上げていると、不意に髪飾りが、自らが創り出したエオスモンの姿に変わった。

　モルフォモンとの別れの瞬間が、頭の中に流れてくる。

　光の粒子となって消える直前、モルフォモンはメノアの手を取った。そして、幸せそうに微笑み、口を開く。

　あのとき聞こえなかった声が、いまはハッキリと聞こえた。

「ずっと、一緒だよ」

　そう優しく言って、モルフォモンの残像が消えると、エオスモンは静かに微笑んだ。想いを伝えられたことを、喜ぶように。

メノアの目から、大粒の涙がぽろぽろとこぼれ落ちる。

「ごめんなさい」

その涙さえも、光は優しく包み込んでいった。

大輔たちと戦っていたエオスモンが、光の粒子となって空へ舞い上がっていく。

時を同じくして、世界中からエオスモンが消えていった。

「終わったのか？」

「終わったのかな？」

ブイモンとワームモンが、呆然と空を見上げる。

「たぶん」と賢。

「の、ようですね」とホークモンも応える。

京が表情を緩める。

「よかった〜」

「おお！　さすが、太一さんたち！」

大輔が腕を振り上げて喜び、伊織はアルマジモンを抱き上げた。

「やりましたね」

「だぎゃー」

　夜明けを迎え、連日降り続いていた雨がやみ、雲間から光が射してくる。

　光子郎のオフィスで、井村はメノアに手錠をかけた。その様子を、太一たちも傍らで見届ける。

　メノアは井村と数秒、視線を合わせ、憑き物が落ちたかのように穏やかに微笑んだ。

　窓から射し込む陽光が、室内を明るく照らした。


　病院のベッドで丈が目を覚まし、天井を見上げ、「あれ？」と不思議そうに呟く。

「おいら、どうしてたんだっけ？」

　ベッドの下から顔を出したゴマモンが、寝ぼけたように言う。

　この日、昏睡状態だった世界中の〝選ばれし子どもたち〟は皆、意識を取り戻した。

　同じように、病室で寝ていたミミが、パッと目を覚ます。上半身を起こし、窓外に視線を送ると、快晴の空に飛行機雲が浮かんでいた。

「何だか、変な夢を見たわ」とパルモンも床から体を起こす。

　ミミは両手を高く上げ、伸びをする。

「んー、今日も良い天気だわー」

空まで届きそうな快活な声が、病室に響き渡る。

入道雲が太陽を隠していても、青空は明るく、美しい。

蟬(せみ)がけたたましく鳴くお台場(だいば)の海岸で、太一とアグモンは地べたに座って海を眺めていた。

太一の手の中のデジヴァイスは、ほんの少しだけ残った一片(ひとひら)の花弁のようなリングが、不安定に揺れていた。

アグモンと初めて別れたときのことを思い出す。あのときは、互いに笑い合う余裕があった。いつかまた会えるという、子どもらしい無根拠な自信がどこかにあったからかもしれない。

確実に、別れの時は近づいている。それでも、もううろたえたりはしない。いまはただ、アグモンといつも通りに過ごしていたかった。

「暑いね」

アグモンが言う。

「夏だからな」

「太一はボクたちが出会ったときのこと、憶(おぼ)えてる？」

太一は笑って答える。

「忘れるわけないだろ」

横浜にある港の見える丘公園の展望台で、ヤマトとガブモンは街並みを見下ろしている。

「うわー、すごい眺めだなー」

ガブモンが興奮気味に言う。

「たまにはいいだろ？」

これが一緒にいられる最後の時間かもしれないということを意識しながらも、ヤマトは自然な調子で返す。普段通りでいたいということは、声に出さずとも、互いに理解していた。

ヤマトはぼんやりと展望台からの景色を眺め、ポケットからハーモニカを取り出す。

「あ、ハーモニカ！」

「新調したんだよ。また、吹いてみたくなってな」

優しい顔でハーモニカを見るヤマトから、ガブモンは風景に目を落とす。

「聴かせてくれよ」

波が砂浜に打ち寄せては引くを繰り返す。それを眺めているだけで、汗が噴き出してきた。

「ねえ、太一〜」

アグモンが、いつもの調子で太一を呼ぶ。

「何だよ？」と太一がアグモンの方を向く。

「かき氷が食べたい」

「はあ？」

呆れたように太一が身を乗り出す。

「しょうがないなあ」

太一が立ち上がり、アグモンがそれを見上げる。

「お前、メロン味でよかったよな？」

アグモンの好みなら、誰よりも知っている。

立ち上がった太一の背中が思っていたよりも高く、大きく見えて、アグモンは目を見張った。

それから、胸がいっぱいになる。

「太一、大きくなったね」

アグモンが、嬉しそうに言う。

「……お前は変わらないな」

穏やかな声で、太一が返す。

懐かしく優しいハーモニカの音色に、ガブモンは目を閉じて聴き入っていた。

風が吹き、木漏れ日が揺れる。

目を開けると、景色はどこまでも広がっていた。

「……ヤマトは、俺の自慢のパートナーだよ」

ガブモンの言葉を静かに受け止め、ヤマトはそっと手を下ろす。


「ねえ、太一」「ねえ、ヤマト」

同じ時間、別々の場所で、パートナーたちは同じ質問を口にする。

「明日は、どうするの？」

「そうだな……」

かつて少年だった彼らは、視線をパートナーから空へと移し、少し考えてから答える。

「明日のことは、わからないな」

二羽の蝶が空を舞い、雲の向こうの太陽を目指して飛んでいった。

「そうだ」

少年だった彼らは微笑を浮かべ、思いついたように口を開く。

「明日、一緒に――」

振り向いた先に、もうパートナーの姿はない。聞こえるのは、蟬の声だけだ。

パートナーの残像を探すように、少年だった彼らはしばらくその場所を見つめ、やがて前へと向き直った。

手の中のデジヴァイスが中心から広がるように石化していき、色彩が失われていく。

石化したデジヴァイスを、震える手で強く握る。ぽたぽたと落ちてくる水滴は、空からではない。どれだけこらえようとしても、涙はとめどなくあふれてくる。

その日、大人になった彼らは大粒の涙を流し、声を殺して泣いた。

青い空と陽光の射す入道雲が、場違いなほど美しかった。

【こうして僕らは、大人の入口へと辿(たど)り着(つ)いた】
【そして、物語は新たな領域へと進化する】

キーボードを叩く手が止まった。

事件が解決してしばらく経ち、〝選ばれし子どもたち〟はそれぞれの日常を取り戻した。

食堂で学友と談笑する太一の手元には、一枚の用紙が置かれていた。以前までは白紙だった学士論文要旨の欄には、しっかりとテーマが記載されている。

自分が本当にやりたいこと、成し遂げたいことが見つかった。どれだけ険しい道だろうと、その先を目指すことにためらいはない。強い決意を胸の内に秘め、太一は力強く書き込んだ。

論文名は
『人類とデジモンの共生について』

春。

満開の桜並木の下を、太一が駆けていく。

太一とは少し離れた場所で、ヤマトはバイクを路肩に停め、ヘルメットを外して桜の木を見上げた。

風が枝木を揺らし、桜の花びらが優雅に空へと舞い上がる。

桜吹雪を全身で感じ、ヤマトは不敵に笑ってみせる。その表情には、恐れも迷いもない。

舞い散る桜の中で、太一は笑みを深め、走る速さを上げていく。これから自分が立ち向かう未来へと、急ぐように。

大人になった彼らは、力強く宣言する。

「待ってろよ！　絶対会いに行くからな！」

CAST

八神太一
花江夏樹

石田ヤマト
細谷佳正

武之内空
三森すずこ

泉光子郎
田村睦心

太刀川ミミ
吉田仁美

城戸丈
池田純矢

高石タケル
榎木淳弥

八神ヒカリ
M・A・O

本宮大輔
片山福十郎

一乗寺賢
ランズベリー・アーサー

井ノ上京
朝井彩加

火田伊織
山谷祥生

井村 京太郎
小野大輔

アグモン
坂本千夏

ガブモン
山口眞弓

ピヨモン
重松花鳥

テントモン
櫻井孝宏

パルモン
山田きのこ

ゴマモン
竹内順子

パタモン
松本美和

テイルモン
徳光由禾

ブイモン
野田順子

ワームモン
高橋直純

ホークモン
遠近孝一

アルマジモン
浦和めぐみ

メノア・ベルッチ
松岡茉優

STAFF

原案
本郷あきよし

監督
田口智久

脚本
大和屋暁

初出
映画ノベライズ　デジモンアドベンチャー LAST EVOLUTION 絆　書き下ろし
この作品は、2020年2月公開（配給／東映）の
映画『デジモンアドベンチャー LAST EVOLUTION 絆』を小説化したものです。

映画ノベライズ
デジモンアドベンチャー LAST EVOLUTION 絆

2020年2月12日　第1刷発行

小説／真紀涼介　脚本／大和屋暁

装丁　松本由貴・秋庭崇（バナナグローブスタジオ）
編集協力　中本良之・長澤國雄
編集人　千葉佳余
発行者　北畠輝幸
発行所　株式会社 集英社
〒101-8050　東京都千代田区一ツ橋 2-5-10
TEL 03-3230-6297（編集部）
03-3230-6080（読者係）
03-3230-6393（販売部・書店専用）
印刷所　凸版印刷株式会社

ISBN978-4-08-631355-1　C0193　検印廃止